文豪 きょうは 何の日？

立東舎

まえがき

文豪にまつわる記念日といえば、どんなものを思い浮かべますか？　有名なところでは6月19日の「桜桃忌」があります。１９４８年に玉川上水に入水した太宰治の遺体が発見されたのがこの日。奇しくも太宰の誕生日でもあるこの日は、彼の晩年の作品『桜桃』にちなんで名付けられました。

近年では、マンガやアニメとして話題を博した『文豪ストレイドッグス』や、ゲーム『文豪とアルケミスト』などの影響もあり、文豪の人気はますます高まっています。同時に、文豪には教科書に出てくるような歴史上の人物というイメージもあり、現代を生きる私たちとはまだまだ遠い存在に思えます。しかし、文豪といえど、ひとりの人間には違いありません。幼少期や思春期に恥ずかしい思い出のひとつやふたつあるはずですし、きっと世の中に知られていない逸話も眠っているはず。そう考えて調べてみると、ほんの1世紀遡るだけで多くの文豪が私たちと同じような生活を送っていたことがわかりました。

たとえば本書の発行年である2021年のちょうど100年前にあたる、1921年。この年は、宮沢賢治が童話『注文の多い料理店』を書いた年であり、北原白秋が3度目の結婚をした年でもあります。また同じ年に高校生だった梶井基次郎は、琵琶湖疏水で友人とボート遊びをし、裸で水に飛び込むといった破天荒なエピソードを残しています。

このように、ある年のある日に、文豪たちがどこで何をしていたのか。作品の発表や受賞といった公的なエピソードだけでなく、恋愛や結婚、学生時代の思い出から日常の悩みに至るまで、文豪をより身近に感じられる私的なエピソードも含めてまとめてみました。

本書は文豪にまつわる出来事を、1月1日から12月31日まで、閏日も含めた366日分紹介する構成になっています。誕生日には出身地と代表作を記載。出身地は、2021年現在の47都道府県に準じて表記しました。命日には死因と享年、遺作を可能な範囲で記載しています。なお、現代の読者にわかりやすいように、日付は新暦に統一しています。明治から昭和にかけての文豪を中心に、年譜や自伝、書簡や日記などの資料を参照しました。

好きな文豪の作品や生い立ちくらいは知っていても、他の文豪との関わりや、年齢、師弟関係までは意識していない人もいるのではないでしょうか。それぞれのトピックは年代が古い順に並べています。ある時期に出会った文豪同士が仲良くなり、それから頻繁にお互いのエピソードに登場したり、ある文豪の死に影響を受けた若かりし日の文豪がいたりと、長い文学史の中で文豪同士の人生が交差し合っているのも興味深い点です。また、同じ日に起きた歴史上の出来事と記念日も併記していますので、文豪のエピソードと比較しながら楽しんでみてください。

1月1日から順に読んでいただくのはもちろん、「きょうは何の日?」と1日1ページ、日めくりカレンダーのように眺めて楽しんだり、話の種として活用したりすることもできます。自分や友人の誕生日を開いてみれば、文豪との思わぬ共通点が見つかるかもしれません。

明治から大正、昭和から平成、そして令和。時代の変化とともに、国の情勢や、生活環境も大きく変わっています。今では当たり前に使っているものが存在していなかったり、逆に今では目にすることのなくなった風景が残っていたり、エピソードの端々から、時代の差も感じてみてください。そして、時代が大きく変わろうと、人の抱える悩みは案外変わらない部分があるのも面白いところです。あの作品を書いている文豪が、実はこんな性格だったなんて……と、きっと新たな発見もあるでしょう。

暦を手がかりに文豪の軌跡をたどってみると、そこはまぎれもない宝の山だったのです。まさに「毎日が文豪記念日」。本書を通して、文豪たちの人生を追体験する旅に出かけてみてください。

もくじ

1月

JANUARY

—— 夢野久作 ——

（1月4日生まれ）

1日

＊＊＊

1886年　木下利玄が岡山県で生まれる。代表作に歌集『銀』『紅玉』『みかんの木』などがある。

1934年　長島萃が死去。その死に衝撃を受けた親友の坂口安吾が翌月『長島の死に就て』を発表する。（坂口安吾『新潮日本文学アルバム35 坂口安吾』）

記念日

元日

歴史上の出来事

1946年、
昭和天皇が「新日本建設に関する詔書」を発布。
通称「人間宣言」。

2日

＊＊＊

1913年　北原白秋が公田連太郎を訪ねて三浦三崎へ渡り、2週間滞在する。（北原白秋『新潮日本文学アルバム25 北原白秋』）

1976年　檀一雄が肺腫瘍のため死去。享年63歳。遺作は『火宅の人』。

記念日

初夢の日

歴史上の出来事

1960年、ジョン・F・ケネディが
大統領選に出馬表明。

3日

＊＊＊

1912年 谷崎潤一郎の初恋の相手の穂積フクが、生家である箱根の旅館「松本屋」にて22歳で亡くなる。（谷崎潤一郎『谷崎潤一郎全集 第二十六巻』）

1948年 前年12月30日に死去した横光利一の葬儀が行われる。川端康成や林芙美子らが参列した。（川端康成『新潮日本文学アルバム 16 川端康成』）

記念日

駆け落ちの日、ひとみの日

歴史上の出来事

1951年、第1回NHK紅白歌合戦がラジオで放送される。

4日

＊＊＊

1889年 夢野久作が福岡県で生まれる。代表作は『瓶詰地獄』『押絵の奇蹟』『犬神博士』など。

1902年 森鴎外が2番目の妻・志げと再婚する。志げの父は大審院判事の荒木博臣。（森鴎外『新潮日本文学アルバム 1 森鴎外』）

記念日

御用始め、仕事始め

歴史上の出来事

1936年、『ビルボード』が世界初のヒットチャートを発表。

5日

1936年 日本橋亀嶋町の偕楽園にて、谷崎潤一郎、永井荷風、中央公論社の嶋中雄作、歌舞伎役者の二代目市川左團次らが新春座談会を行う。（谷崎潤一郎『新潮日本文学アルバム７ 谷崎潤一郎』）

記念日

いちごの日

歴史上の出来事

1904年、大阪朝日新聞に
「天声人語」が初めて掲載される。

6日

1939年 太宰治が甲府市の借家に引っ越す。８畳、２畳、１畳３間の部屋だった。（太宰治『太宰治全集 別巻』）

記念日

東京消防出初式

歴史上の出来事

1975年、東京競馬場で
ハイセイコーの引退式が行われる。

7日

＊＊＊

1903年　森鷗外の長女・茉莉が誕生。茉莉は後に作家として活躍する。（森鷗外『新潮日本文学アルバム 1 森鷗外』）

記念日

七草の日、爪切りの日

歴史上の出来事

1926年、日本文藝家協会設立。
初代会長は菊池寛。

8日

＊＊＊

1892年　堀口大學が東京都で生まれる。代表作は『月光とピエロ』『月下の一群』『夕の虹』など。

1937年　精神に変調をきたした中原中也が千葉県の中村古峡療養所へ入院する。この時に手記「千葉寺雑記」を書いた。（中原中也『新潮日本文学アルバム 30 中原中也』）

1939年　太宰治が井伏鱒二宅で妻・石原美知子との結婚式を挙げる。（太宰治『太宰治全集 別巻』）

記念日

イヤホンの日

歴史上の出来事

1989年、元号が「昭和」から「平成」に改元。

9日

＊＊＊

1915年 前橋に住む萩原朔太郎の元に急に北原白秋が訪れ、7日間ほど滞在する。その間に前橋在住の詩人たちと開いた歓迎会では、白秋と朔太郎の詩論が白熱して白秋が杯を投げつけ、朔太郎が涙を流した。（萩原朔太郎『萩原朔太郎全集 第十五巻』）

記念日

とんちの日

歴史上の出来事

1985年、両国に新国技館が落成。

10日

＊＊＊

1835年　福沢諭吉が大阪府で生まれる。代表作は『西洋事情』『学問のすゝめ』『文明論之概略』など。

1868年　尾崎紅葉が東京都で生まれる。代表作は『二人比丘尼 色懺悔』『多情多恨』『金色夜叉』など。

1884年　山村暮鳥が群馬県で生まれる。代表作は『三人の処女』『風は草木にささやいた』『十字架』など。

1913年　田中英光が東京都で生まれる。代表作は『オリンポスの果実』『鍋鶴』『N機関区』など。

1947年　織田作之助が結核で死去。享年33歳。読売新聞に連載中だった『土曜夫人』は未完に終わる。この日は善哉忌と呼ばれる。

記念日

110番の日

歴史上の出来事

1920年、国際連盟が発足。

11日

＊＊＊

1936年 萩原朔太郎が詩人仲間の丸山薫に誘われて瀬戸内海の大島へ旅行する。（萩原朔太郎『新潮日本文学アルバム 15 萩原朔太郎』）

1974年 山本有三が肺炎による急性心不全で死去。享年86歳。遺作『濁流』は未完に終わる。この日は一一一忌（いちいちいちき）と呼ばれる。

記念日

鏡開き

歴史上の出来事

1930年、聖徳太子の肖像が描かれた百円札が発行。

12日

＊＊＊

1960年 谷崎潤一郎が刊行を控えている『夢の浮橋』の刷り出しを確認する。（谷崎潤一郎『谷崎潤一郎全集 第二十六巻』）

記念日

スキー記念日

歴史上の出来事

1914年、桜島が噴火し、大隅半島と陸続きになる。

13日

＊＊＊

1918年 日夏耿之介の第一詩集『転身の頌』の出版記念パーティーで芥川龍之介と室生犀星が知り合う。同じ田端在住ということもあり、その後親交を深める。（鷺只雄『年表作家読本 新装版 芥川龍之介』）

記念日

たばこの日

歴史上の出来事

1990年、
第1回大学入試センター試験が行われる。

14日

＊＊＊

1925年 三島由紀夫が東京都で生まれる。代表作は『仮面の告白』『潮騒』『金閣寺』など。

記念日

タロとジロの日

歴史上の出来事

1903年、大谷探検隊によって釈迦の
住んでいた霊鷲山がインドで発見される。

15日

＊＊＊

1920年 京都に下宿していた高校時代の梶井基次郎が、39度を超える熱を出して、大阪の実家へ帰る。（鈴木貞美『年表作家読本 梶井基次郎』）

記念日

小正月

歴史上の出来事

1873年、日本初の小学校、東京師範学校附属小学校が設立される。

16日

＊＊＊

1887年 葛西善蔵が青森県で生まれる。代表作は『子をつれて』『哀しき父』『悪魔』など。

1905年 伊藤整が北海道で生まれる。代表作は『火の鳥』『若い詩人の肖像』『変容』など。

記念日

閻魔詣り、閻魔賽日、禁酒の日

歴史上の出来事

1920年、アメリカで禁酒法が施行される。

17日

＊＊＊

1920年　芥川龍之介がインフルエンザにかかり、10日間ほど寝込む。（鷺只雄『年表作家読本 新装版 芥川龍之介』）

記念日

防災とボランティアの日

歴史上の出来事

1991年、湾岸戦争が勃発。

18日

＊＊＊

1911年　上野精養軒にて「白樺」「スバル」「三田文学」「新思潮」の合同集会が行われる。この会で志賀直哉と北原白秋が初めて会い、翌日志賀は白秋を訪問する。（志賀直哉『志賀直哉全集 第二十二巻』）

記念日

都バス開業の日

歴史上の出来事

1911年、幸徳事件で幸徳秋水ら24名に死刑、2名に有期刑の判決。

19日

＊＊＊

1909年　太田正雄、北原白秋、石川啄木が与謝野晶子の家を訪問する。明子は啄木に脚本『損害』の原稿を渡した。（平子恭子『年表作家読本 与謝野晶子』）

1922年　志賀直哉の四女・万亀子が生まれる。（志賀直哉『志賀直哉全集 第二十二巻』）

記念日

のど自慢の日

歴史上の出来事

2010年、日本航空が戦後最大の
経営破綻で会社更生法を申請。

20日

＊＊＊

1873年　岩野泡鳴が兵庫県で生まれる。代表作は『神秘的半獣主義』『耽溺』『放浪』など。

1894年　西脇順三郎が新潟県で生まれる。代表作は『Ambarvalia』『旅人かへらず』『第三の神話』など。

1899年　徳永直が熊本県で生まれる。代表作は『太陽のない街』『はたらく一家』『光をかかぐる人々』など。

記念日

アメリカ大統領就任式

歴史上の出来事

1925年、日ソ間における初の
二国間条約である日ソ基本条約が締結。

21日

＊＊＊

1935年 谷崎潤一郎が2番目の妻・丁未子と協議離婚。（谷崎潤一郎『新潮日本文学アルバム7 谷崎潤一郎』）

1951年 宮本百合子が最急性の脳脊髄膜炎菌敗血症のため死去。享年51歳。遺作は『道標』。

1983年 里見弴が肺炎のため死去。享年94歳。この日は大寒忌と呼ばれる。

記念日

初大師、初弘法

歴史上の出来事

1793年、フランス革命により国王ルイ16世が処刑される。

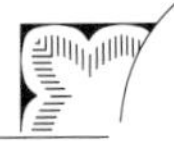

22日

＊＊＊

1872年 田山花袋が群馬県で生まれる。代表作は『蒲団』『生』『田舎教師』など。

記念日

カレーライスの日

歴史上の出来事

1905年、ロシア革命のきっかけとなる、血の日曜日事件が起こる。

23日

＊＊＊

1927年 永井荷風の家の水道があまりの寒さに凍ってしまい、昼ごろまで水が出なくなる。（永井荷風『荷風全集 第二十二巻』）

記念日

電子メールの日、花粉対策の日

歴史上の出来事

1905年、奈良県でニホンオオカミの最後の1頭が捕獲される。

24日

＊＊＊

1946年 新潮社のスタッフが原稿を取りに内田百閒の家を訪れるが、まだ出来ていないと断りの手紙を預かって帰る。（内田百閒『百鬼園戦後日記 上巻』）

記念日

ゴールドラッシュの日

歴史上の出来事

1972年、グアム島で元日本兵の横井庄一が発見される。

25日

＊＊＊

1885年 北原白秋が熊本県で生まれる。代表作は『邪宗門』『思ひ出』『東京景物詩』など。

1902年 中野重治が福井県で生まれる。代表作は『歌のわかれ』『むらぎも』『梨の花』など。

記念日

お詫びの日

歴史上の出来事

1879年、『朝日新聞』が創刊される。

26日

＊＊＊

1930年 渡欧中の岡本かの子がロンドン・ハムステッド公園の隣にある、白薔薇や蔦の絡まる煉瓦造りの4階建ての家に移住する。家賃は週4ポンド。

（岡本かの子『岡本かの子全集 別巻二』）

記念日

文化財防火デー

歴史上の出来事

1992年、貴花田が史上最年少である
19歳5か月での幕内初優勝。

27日

＊＊＊

1916年　翌日に引っ越しを控えた武者小路実篤が、新しい住所を伝えるために志賀直哉へ手紙を出す。引っ越し先は小石川区小日向台町。（武者小路実篤『武者小路実篤全集 第十八巻』）

記念日

国旗制定記念日

歴史上の出来事

1880年、トーマス・エジソンが
白熱電球の特許を取得する。

28日

＊＊＊

1935年　谷崎潤一郎が3番目の妻・松子と結婚。同年5月3日に入籍する。（谷崎潤一郎『谷崎潤一郎の恋文』）

記念日

コピーライターの日、逸話の日

歴史上の出来事

1871年、日本初の日刊新聞である
横浜毎日新聞が創刊。

29日

＊＊＊

1932年 藤澤清造が死去。港区芝公園の六角堂内で凍死体で発見される。享年43歳。（藤澤清造『根津権現裏』）

記念日

人口調査記念日

歴史上の出来事

1886年、カール・ベンツが世界初となるガソリン自動車の特許を取得。

30日

＊＊＊

1907年 高見順が福井県で生まれる。代表作は『故旧忘れ得べき』『如何なる星の下に』『わが胸の底のここには』など。

記念日

キャッシュレスの日

歴史上の出来事

1948年、インドでマハトマ・ガンディーが暗殺される。

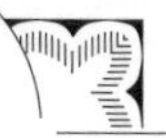

31日

＊＊＊

1909年　与謝野鉄幹・晶子夫妻が東京の千駄ヶ谷から駿河台に引っ越す。

（平子恭子『年表作家読本 与謝野晶子』）

記念日

愛妻の日、愛妻感謝の日、五つ子誕生の日

歴史上の出来事

1912年、東京の中央線で日本初の女性専用車両である「婦人専用電車」が導入。

2月
FEBRUARY

―― 夏目漱石 ――

（2月9日生まれ）

1日

＊＊＊

1872年　徳田秋聲が石川県で生まれる。代表作は『新世帯』『黴』『あらくれ』など。

1937年　河東碧梧桐が腸チフスと敗血症のため死去。享年63歳。

記念日

テレビ放送記念日

歴史上の出来事

1890年、徳富蘇峰が「國民新聞」を創刊。

2日

＊＊＊

1894年　片岡鉄兵が岡山県で生まれる。代表作は『花嫁学校』『朱と緑』『虹の秘密』など。

1918年　芥川龍之介が妻・文と田端の自宅で結婚式を行う。（鷺只雄『年表作家読本 新装版 芥川龍之介』）

記念日

情報セキュリティの日、
バスガールの日

歴史上の出来事

1972年、元日本兵の
横井庄一がグアム島から帰国。

3日

＊＊＊

1901年 福沢諭吉が脳出血のため死去。享年68歳。

1912年 檀一雄が山梨県で生まれる。代表作は『リツ子・その愛』『リツ子・その死』『小説太宰治』など。

記念日

節分

歴史上の出来事

1970年、
日本が核拡散防止条約に調印する。

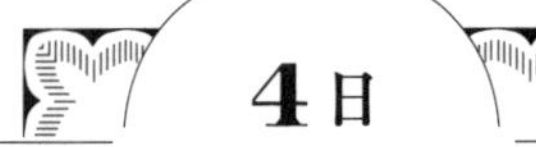

4日

＊＊＊

1911年 石川啄木が慢性腹膜炎のため東京帝国大学付属病院青山内科に入院する。（石川啄木『新潮日本文学アルバム6 石川啄木』）

記念日

ザ・ビートルズの日

歴史上の出来事

2004年、マーク・ザッカーバーグが
Facebookを開設。

5日

＊＊＊

1932年 谷崎潤一郎が兵庫県武庫郡魚崎町へ転居。（谷崎潤一郎『谷崎潤一郎の恋文』）

記念日

プロ野球の日

歴史上の出来事

1936年、チャーリー・チャップリンの『モダン・ダイムス』がアメリカで公開される。

6日

＊＊＊

1931年 永井荷風が脚気注射のため中洲病院に行き、医者から俳優の籾山梓月が入院中であることを聞く。（永井荷風『荷風全集 第二十二巻』）

1946年 太宰治が母校の青森中学校を訪ね、1年生から5年生までを対象に「真の教養と日本の独立」をテーマに2時間あまりの講演を行う。（太宰治『太宰治全集 別巻』）

記念日

ブログの日

歴史上の出来事

1956年、『週刊新潮』が新潮社から創刊。

7日

＊＊＊

1904年 東京福山町の樋口一葉旧居で一葉を偲ぶ第1回一葉会が開かれる。与謝野鉄幹・晶子夫妻や小山内薫などが出席した。（平子恭子『年表作家読本 与謝野晶子』）

記念日

長野の日

歴史上の出来事

1968年、カナダで英語に加えてフランス語が公用語となる。

8日

＊＊＊

1915年 長塚節が喉頭結核と急性両側性播種結核のため死去。享年35歳。この日は節忌と呼ばれる。

記念日

針供養

歴史上の出来事

1971年、NASDAQが証券取引を開始。

9日

＊＊＊

1867年 夏目漱石が東京都で生まれる。代表作は『吾輩は猫である』『それから』『こゝろ』など。

記念日

漫画の日

歴史上の出来事

1986年、ハレー彗星が最接近。

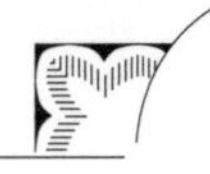

10日

＊＊＊

1886年 平塚らいてうが東京都で生まれる。『青鞜』創刊の辞「元始、女性は太陽であった」で知られる。

1936年 太宰治がパビナール中毒治療のため佐藤春夫の紹介で済生会芝病院新病棟に入院する。同月5日に太宰は佐藤に芥川賞を哀願する手紙を送った後、8日に佐藤宅を訪問し、その際に入院するよう忠告を受けていた。（太宰治『太宰治全集 別巻』）

記念日

ニートの日

歴史上の出来事

1963年、北九州市が発足。

11日

＊＊＊

1887年 折口信夫が大阪府で生まれる。代表作は『春のことぶれ』『死者の書』『古代感愛集』など。

1911年 森鴎外の三男・類が生まれる。（森鴎外『新潮日本文学アルバム1　森鴎外』）

記念日

建国記念の日

歴史上の出来事

1889年、
大日本帝国憲法が公布される。

12日

＊＊＊

1891年 直木三十五が大阪府で生まれる。代表作は『合戦』『南国太平記』『楠木正成』など。

1912年 武田泰淳が東京都で生まれる。代表作は『ひかりごけ』『森と湖のまつり』『富士』など。

1929年 後に谷崎潤一郎の妻となる松子と前夫・根津清太郎との間に長女・恵美子が生まれる。名付け親は谷崎で、恵美子は後に谷崎の養女になる。（谷崎潤一郎『谷崎潤一郎の恋文』、小谷野敦『日本の有名一族』）

記念日

ダーウィンの日

歴史上の出来事

1984年、植村直己が
マッキンリー山の登頂に成功。

13日

＊＊＊

1899年 宮本百合子が東京都で生まれる。代表作は『伸子』『播州平野』『風知草』など。

記念日

苗字制定記念日

歴史上の出来事

1960年、フランスが初の原爆実験を行う。

14日

＊＊＊

1914年 室生犀星と萩原朔太郎が初めて出会う。お互いイメージしていた人物像とはかけ離れていてがっかり。でもすぐ仲良くなる。（萩原朔太郎『新潮日本文学アルバム15 萩原朔太郎』）

1945年 甲賀三郎が急性肺炎のため死去。日本少国民文化協会事務局長として九州出張から帰京している最中だった。享年51歳。（岩井寛『作家の臨終・墓碑事典』）

1967年 山本周五郎が死去。享年64歳。遺作は『ながい坂』。この日は周五郎忌と呼ばれる。

記念日

バレンタインデー

歴史上の出来事

1920年、第1回箱根駅伝開催。

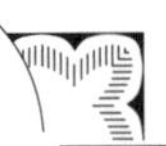

15日

＊＊＊

1898年 井伏鱒二が広島県で生まれる。代表作は『山椒魚』『さざなみ軍記』『黒い雨』など。

1915年 梅崎春生が福岡県で生まれる。代表作は『桜島』『日の果て』『ボロ家の春秋』など。

1925年 木下利玄が肺結核のため死去。享年39歳。晩年は雑誌「日光」の同人として活躍した。この日は利玄忌と呼ばれる。

1958年 徳永直が胃癌のため死去。享年59歳。

記念日

春一番名付けの日

歴史上の出来事

1883年、日本初の
電力会社である東京電燈が設立。

16日

＊＊＊

1927年 2月5日に降ったあと残っていた永井荷風の家の屋根の雪が、春雨によって溶けて消える。（永井荷風『荷風全集 第二十二巻』）

記念日

天気図記念日

歴史上の出来事

1949年、日本社会人野球協会が発足。

17日

＊＊＊

1862年　森鴎外が島根県で生まれる。代表作は『舞姫』『阿部一族』『高瀬舟』など。

1901年　梶井基次郎が大阪府で生まれる。代表作は『檸檬』『城のある町にて』『闇の絵巻』など。

1972年　平林たい子が急性肺炎のため死去。享年66歳。遺作は『宮本百合子』。

記念日

天使のささやきの日

歴史上の出来事

1977年、沖縄の久米島で初めての降雪が記録される。

18日

＊＊＊

1939年　岡本かの子が脳充血のため死去。享年49歳。この日はかの子忌と呼ばれる。

記念日

方言の日

歴史上の出来事

1950年、第1回さっぽろ雪まつり開催。

19日

＊＊＊

1899年 有島武郎が森本厚吉とともに定山渓温泉に行き自殺を企てるが、思いとどまる。（有島武郎『新潮日本文学アルバム9 有島武郎』）

1909年 北原白秋が木下杢太郎に「詩ができなくて実に困った」という内容のハガキを出す。（北原白秋『新潮日本文学アルバム25 北原白秋』）

記念日

プロレスの日

歴史上の出来事

1952年、青梅事件が発生。

20日

＊＊＊

1883年 志賀直哉が宮城県で生まれる。代表作は『城の崎にて』『小僧の神様』『暗夜行路』など。

1886年 石川啄木が岩手県で生まれる。代表作は『一握の砂』『悲しき玩具』『あこがれ』など。

1933年 小林多喜二が共産党員として非合法活動中に逮捕され、拷問によって死去。享年29歳。遺作は『党生活者』。この日は多喜二忌と呼ばれる。

記念日

歌舞伎の日

歴史上の出来事

1923年、東京駅前に
丸の内ビルディングが竣工。

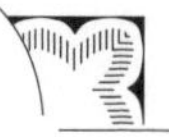

21日

＊＊＊

1955年　享年48歳で死去した坂口安吾の葬儀が青山斎場で行われる。川端康成、佐藤春夫、青野季吉が弔辞を読み上げた。（坂口安吾『新潮日本文学アルバム35 坂口安吾』）

記念日

漱石の日

歴史上の出来事

1974年、朝日新聞で連載されていた『サザエさん』が、作者・長谷川町子の体調不良により最後の連載となる。

22日

＊＊＊

1874年　高浜虚子が愛媛県で生まれる。代表作は『俳句の五十年』『虚子句集』『俳諧馬の糞』など。

1890年　日夏耿之介が長野県で生まれる。代表作は『轉身の頌』『黒衣聖母』『明治大正詩史』など。

記念日

猫の日、猫背改善の日

歴史上の出来事

1999年、NTTドコモがiモードのサービスを開始。

23日

＊＊＊

1949年　薬の大量服用により坂口安吾が東大病院神経科へ入院する。病院へは石川淳と菅原国隆が付き添った。（坂口安吾『坂口安吾全集 別巻』）

記念日

富士山の日

歴史上の出来事

1956年、『東京中日新聞』が創刊される。

24日

＊＊＊

1909年　石川啄木が東京朝日新聞社に校正係として入社することが決まる。同郷出身の編集長・佐藤北江の厚意によるものだった。（石川啄木『新潮日本文学アルバム6 石川啄木』）

1934年　直木三十五が結核性脳膜炎のため死去。享年43歳。東京帝大付属病院呉内科で、家族をはじめ菊池寛や山本有三、吉川英治などに看取られた。この日は南国忌と呼ばれる。（岩井寛『作家の臨終・墓碑事典』）

記念日

月光仮面登場の日

歴史上の出来事

1933年、国鉄山陰本線が全通。

25日

＊＊＊

1953年 斎藤茂吉が心臓喘息のため死去。享年70歳。この日は茂吉忌と呼ばれる。

記念日

夕刊紙の日、
親に感謝の気持ちを伝える日

歴史上の出来事

1890年、日本麦酒醸造会社が
ヱビスビールを発売。

26日

＊＊＊

1873年 河東碧梧桐が愛媛県で生まれる。代表作は『碧梧桐句集』『三千里』など。

1936年 第2回芥川賞直木賞の会合が行われるが、二・二六事件のため佐藤春夫が欠席する。（佐藤春夫『定本 佐藤春夫全集 別巻1』）

記念日

脱出の日

歴史上の出来事

1993年、ニューヨーク世界貿易センタービル
爆破事件が発生。

27日

＊＊＊

1927年 大阪中之島公会堂で行われた改造社の講演会に、芥川龍之介、佐藤春夫、久米正雄、里見弴が出席。その夜、芥川と佐藤は谷崎潤一郎の家に泊まる。（谷崎潤一郎『谷崎潤一郎の恋文』）

記念日

冬の恋人の日

歴史上の出来事

1875年、小石川植物園が開園。

28日

＊＊＊

1935年 坪内逍遥が感冒から併発した気管支カルタルのため死去。享年75歳。この日は逍遥忌と呼ばれる。

記念日

エッセイ記念日

歴史上の出来事

1972年、あさま山荘事件が終結。

29日

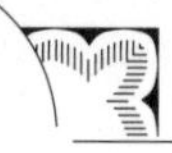

＊＊＊

1937年 坂口安吾が尾崎士郎に見送られ、書きかけの長編『吹雪物語』を携えて京都に発つ。この時、過去を断ち切るために好意を抱いていた矢田津世子に絶縁の手紙を送った。（坂口安吾『新潮日本文学アルバム35 坂口安吾』）

記念日

閏日、円満離婚の日

歴史上の出来事

2000年、2000年問題により、郵便貯金ATMの停止などが発生。

3月

MARCH

― 芥川龍之介 ―

（3 月 1 日生まれ）

1日

＊＊＊

1889年　岡本かの子が東京都で生まれる。代表作は『母子叙情』『老妓抄』『生々流転』など。

1892年　芥川龍之介が東京都で生まれる。代表作は『地獄変』『河童』『歯車』など。

1927年　谷崎潤一郎夫婦と佐藤春夫夫婦、芥川龍之介の5人で弁天座の人形芝居を観に行く。（谷崎潤一郎『谷崎潤一郎の恋文』）

1952年　久米正雄が脳溢血のため死去。享年60歳。この日は三汀忌と呼ばれる。

1983年　小林秀雄が腎不全による尿毒症と呼吸循環不全のため死去。享年80歳。

記念日

マヨネーズの日

歴史上の出来事

1911年、帝国劇場が開館。

2日

＊＊＊

1921年 高校生だった梶井基次郎が京都市公会堂で行われたヴァイオリニストのエルマン来日演奏会を聴く。会のあと、車に乗ろうとするエルマンに握手をしてもらい、感激した。（鈴木貞美『年表作家読本 梶井基次郎』）

1927年 谷崎潤一郎が3番目にして最後の妻となる松子と初めて出会う。（谷崎潤一郎『谷崎潤一郎の恋文』）

記念日

ミニの日

歴史上の出来事

1983年、CDとCDプレーヤーが全世界で発売開始。

3日

＊＊＊

1879年 正宗白鳥が岡山県で生まれる。代表作は『何処へ』『入江のほとり』『最後の女』など。

1907年 与謝野鉄幹・晶子夫妻に双子の娘が生まれる。長女・八峰と次女・七瀬の名は、森鷗外が歌を贈って命名した。（平子恭子『年表作家読本 与謝野晶子』）

記念日

金魚の日、ひなまつり、結納の日

歴史上の出来事

1931年、「星条旗」がアメリカ合衆国の国歌として制定。

4日

＊＊＊

1878年　有島武郎が東京都で生まれる。代表作は『カインの末裔』『惜しみなく愛は奪う』『或る女』など。

記念日

三姉妹の日

歴史上の出来事

1899年、日本で旧著作権法が公布。

5日

＊＊＊

1917年　萩原朔太郎が森鷗外を訪ね、出版したばかりの処女詩集『月に吠える』を贈る。（萩原朔太郎『新潮日本文学アルバム15 萩原朔太郎』）

記念日

ミス・コンテストの日

歴史上の出来事

1963年、日本SF作家クラブが発足。

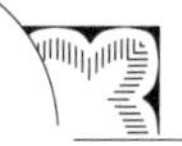

6日

＊＊＊

1889年　森鴎外が妻・登志子と結婚する。西周が媒酌人を務めた。（森鴎外『新潮日本文学アルバム１森鴎外』）

1909年　大岡昇平が東京都で生まれる。代表作は『武蔵野夫人』『野火』『花影』など。

記念日

スポーツ新聞の日、弟の日

歴史上の出来事

1957年、日本初の女性週刊誌『週刊女性』が創刊。

7日

＊＊＊

1899年　石川淳が東京都で生まれる。代表作は『普賢』『焼跡のイエス』『紫苑物語』など。

記念日

サウナの日

歴史上の出来事

1971年、国鉄が山手線の読み方を「やまのてせん」に統一する。

8日

＊＊＊

1948年　太宰治が熱海の起雲閣別館に籠り、『人間失格』の執筆を始める。（太宰治『新潮日本文学アルバム19 太宰治』）

記念日

国際女性デー

歴史上の出来事

1935年、忠犬ハチ公が
渋谷駅前で衰弱死する。

9日

＊＊＊

1921年　上野の精養軒で行われた芥川龍之介の中国旅行送別会に、与謝野晶子が参加する。（平子恭子『年表作家読本 与謝野晶子』）

記念日

ありがとうの日

歴史上の出来事

1894年、日本初の記念切手が発行。

10日

＊＊＊

1930年 金子みすゞが服毒自殺。享年26歳。この日はみすゞ忌と呼ばれる。

1947年 坂口安吾が新宿の酒場「チトセ」で後に妻となる三千代と出会う。

（坂口安吾『新潮日本文学アルバム35 坂口安吾』）

記念日

名古屋コーチンの日

歴史上の出来事

1900年、治安警察法公布。

11日

＊＊＊

1919年 梶井基次郎が大阪府立北野中学校を卒業する。席次は115人中51位だった。（鈴木貞美『年表作家読本 梶井基次郎』）

1936年 夢野久作が脳溢血のため死去。享年47歳。遺作は『ドグラ・マグラ』。

記念日

コラムの日

歴史上の出来事

2011年、東日本大震災が発生。

12日

＊＊＊

1948年　3月6日に死去した菊池寛の告別式が行われる。享年59歳。久米正雄が葬儀委員長を務めた。（菊池寛『新潮日本文学アルバム 39 菊池寛』）

記念日

半ドンの日

歴史上の出来事

1993年、
北朝鮮が核拡散防止条約を脱退。

13日

＊＊＊

1883年　高村光太郎が東京都で生まれる。代表作は『道程』『智恵子抄』『典型』など。

1934年　佐藤春夫が和歌山県の名勝地踏破旅行に出かける。（佐藤春夫『定本 佐藤春夫全集 別巻1』）

記念日

新撰組の日

歴史上の出来事

1990年、ソ連が大統領制に移行。

14日

＊＊＊

1916年　谷崎潤一郎の長女・鮎子が生まれる。（谷崎潤一郎『谷崎潤一郎全集第二十六巻』）

1922年　森鷗外が欧州に渡る長男・於菟と長女・茉莉を東京駅まで送る。（森鷗外『新潮日本文学アルバム1森鷗外』）

1934年　谷崎潤一郎が3番目の妻となる松子と同棲生活を始める。（谷崎潤一郎『谷崎潤一郎の恋文』）

記念日

ホワイトデー

歴史上の出来事

1992年、東海道新幹線「のぞみ」が運転開始。

15日

＊＊＊

1928年　淀野隆三と妻・政子の間に娘が生まれる。梶井基次郎が名付け親を頼まれたがうまく考えられなかったため、三好達治が華子と名付けた。（鈴木貞美『年表作家読本 梶井基次郎』）

1981年　堀口大學が急性肺炎のため死去。享年89歳。「水に沈んだ月かげです／つかのま浮ぶ魚影です／言葉の網で追いすがる／百に一つのチャンスです」との辞世の詩を残した。（岩井寛『作家の臨終・墓碑事典』）

記念日

靴の日

歴史上の出来事

1930年、横浜の山下公園が開園。

16日

＊＊＊

1938年　織田作之助が、後の妻・一枝が以前別の男に口説かれていたことを知り、不愉快になる。（織田作之助『定本織田作之助全集 第八巻』）

記念日

国立公園指定記念日

歴史上の出来事

2006年、北九州空港開港。

17日

＊＊＊

1898年　横光利一が福島県で生まれる。代表作は『日輪』『頭ならびに腹』『機械』など。

記念日

漫画週刊誌の日

歴史上の出来事

1953年、麻薬取締法公布。

18日

＊＊＊

1935年　鎌倉八幡宮の裏山で縊死未遂を図った太宰治が、心配して集まった井伏鱒二や檀一雄ら友人たちの元へ、首に赤い傷をつけて帰宅する。その後賑やかな酒宴になった。（太宰治『太宰治全集 別巻』）

記念日

精霊の日

歴史上の出来事

1958年、文部省が各小中学校に道徳教育の実施要綱を通達。

19日

＊＊＊

1922年　与謝野晶子が有島武郎から手紙で「五間程の五十円前後の貸家」の紹介を頼まれる。（平子恭子『年表作家読本 与謝野晶子』）

記念日

カメラ発明記念日

歴史上の出来事

1989年、都営地下鉄新宿線が全線開通。

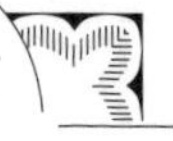

20日

＊＊＊

1942年　奥多摩御岳駅前の和歌松旅館に滞在していた太宰治を妻の美知子が長女・園子を背負って迎えにくる。太宰は3月10日からこの旅館に泊まり、3月19日に「正義と微笑」を完成させた。（太宰治『太宰治全集 別巻』）

記念日

LPレコードの日

歴史上の出来事

1882年、上野動物園が開園。

21日

＊＊＊

1949年　内田百閒が近所のコンクリ屋から猫柳の木をもらったため、息子に門の前に植えてもらう。（内田百閒『百鬼園戦後日記 下巻』）

記念日

世界詩歌記念日

歴史上の出来事

1907年、小学校令が改正され、
義務教育が6年間となる。

22日

＊＊＊

1937年 「吹雪物語」を執筆中の坂口安吾が、クライマックスの第5章で原稿用紙が切れ、手配を頼むハガキを出す。（坂口安吾『坂口安吾全集 別巻』）

1943年 新美南吉が喉頭結核のため死去。享年29歳。この日は貝殻忌と呼ばれる。

記念日

世界水の日

歴史上の出来事

1896年、日本銀行本店が落成。

23日

＊＊＊

1949年 内田百閒の弟子の平山三郎が、百閒が中村武志の1人息子の入学祝いに渡すためのランドセルを買って百閒の家を訪れる。（内田百閒『百鬼園戦後日記 下巻』）

記念日

世界気象デー

歴史上の出来事

1887年、所得税法が公布。

24日

＊＊＊

1920年　芥川龍之介の隣家の香取秀真の工場から出火。芥川家の垣根も燃え始めたが、家族総出で水をかけて消し止めた。（鷺只雄『年表作家読本 新装版 芥川龍之介』）

1932年　梶井基次郎が結核のため死去。享年31歳。遺作は『のんきな患者』。この日は檸檬忌と呼ばれる。

記念日

世界結核デー、恩師の日

歴史上の出来事

1975年、集団就職列車の運行が終了。

25日

＊＊＊

1872年　島崎藤村が岐阜県に生まれる。代表作は『若菜集』『破戒』『夜明け前』など。

1910年　午後3時すぎ、北原白秋が東京の小石川植物園を訪れる。白秋は詩作に疲れるとよく小石川植物園で過ごしていた。（北原白秋『新潮日本文学アルバム25 北原白秋』）

記念日

電気記念日

歴史上の出来事

1943年、黒澤明の初監督作品『姿三四郎』が封切り。

26日

＊＊＊

1898年　今東光が神奈川県で生まれる。代表作は『軍艦』『痩せた花嫁』『お吟さま』など。

1935年　与謝野鉄幹が肺炎で死去。享年62歳。この日は鉄幹忌と呼ばれる。

1962年　室生犀星が肝硬変のため死去。享年72歳。遺作は『老いたるえびのうた』。この日は犀星忌と呼ばれる。

記念日

カチューシャの唄の日

歴史上の出来事

1975年、生物兵器禁止条約が発効。

27日

＊＊＊

1911年　坂口安吾の妹・千鶴が誕生する。安吾が幼稚園に入園した年だったが、妹に母親の愛情を奪われたようで孤独を覚え、砂丘で遊んだり、ひとり街を彷徨ったりした。（坂口安吾『新潮日本文学アルバム35 坂口安吾』）

記念日

世界演劇の日

歴史上の出来事

1987年、国鉄佐賀線・志布志線が廃止。

28日

＊＊＊

1939年　レストラン「レインボウ・グリル」で井上友一郎『波の上』の出版記念会が開催される。坂口安吾や徳田秋声、広津和郎などが出席した。（坂口安吾『坂口安吾全集 別巻』）

1973年　椎名麟三が脳内出血のため死去。享年61歳。この日は邂逅忌と呼ばれる。

記念日

シルクロードの日

歴史上の出来事

1929年、国宝保存法公布。

29日

＊＊＊

1939年　立原道造が結核のため死去。享年24歳。見舞いにきた友人の芳賀檀らに「五月の風をゼリーにして持ってきて下さい」と言ったのが最後の言葉。恩師の室生犀星が弔詞を読んだ。この日は風信子忌と呼ばれる。（岩井寛『作家の臨終・墓碑事典』）

記念日

マリモの日

歴史上の出来事

1911年、日本初の労働法である工場法が公布。

30日

＊＊＊

1900年 藤澤清造が七尾尋常高等小学校男子尋常科第4学年を卒業。卒業後は七尾町内の活版印刷所で働く。（藤澤清造『根津権現裏』）

1919年 梶井基次郎が自宅に遊びに来た父の知り合いの娘である池田ツヤに恋をする。池田ツヤは当時15歳、ミッションスクールの信愛高等女学校に通っていた。（鈴木貞美『年表作家読本 梶井基次郎』）

1985年 野上弥生子が急性心不全のため死去。享年99歳。遺作は『森』。

記念日

国立競技場落成記念日、マフィアの日

歴史上の出来事

1922年、未成年者飲酒禁止法公布。

31日

＊＊＊

1925年 坂口安吾が荏原尋常高等小学校の代用教員に採用される。当時の俸給（月ごとの基本給）は45円だった。（坂口安吾『新潮日本文学アルバム35 坂口安吾』）

1939年 警視庁検閲課により江戸川乱歩の『芋虫』が発売禁止を命じられる。（江戸川乱歩『貼雑年譜』）

記念日

教育基本法・学校教育法公布記念日

歴史上の出来事

1958年、売春防止法の施行に伴い赤線が営業停止。

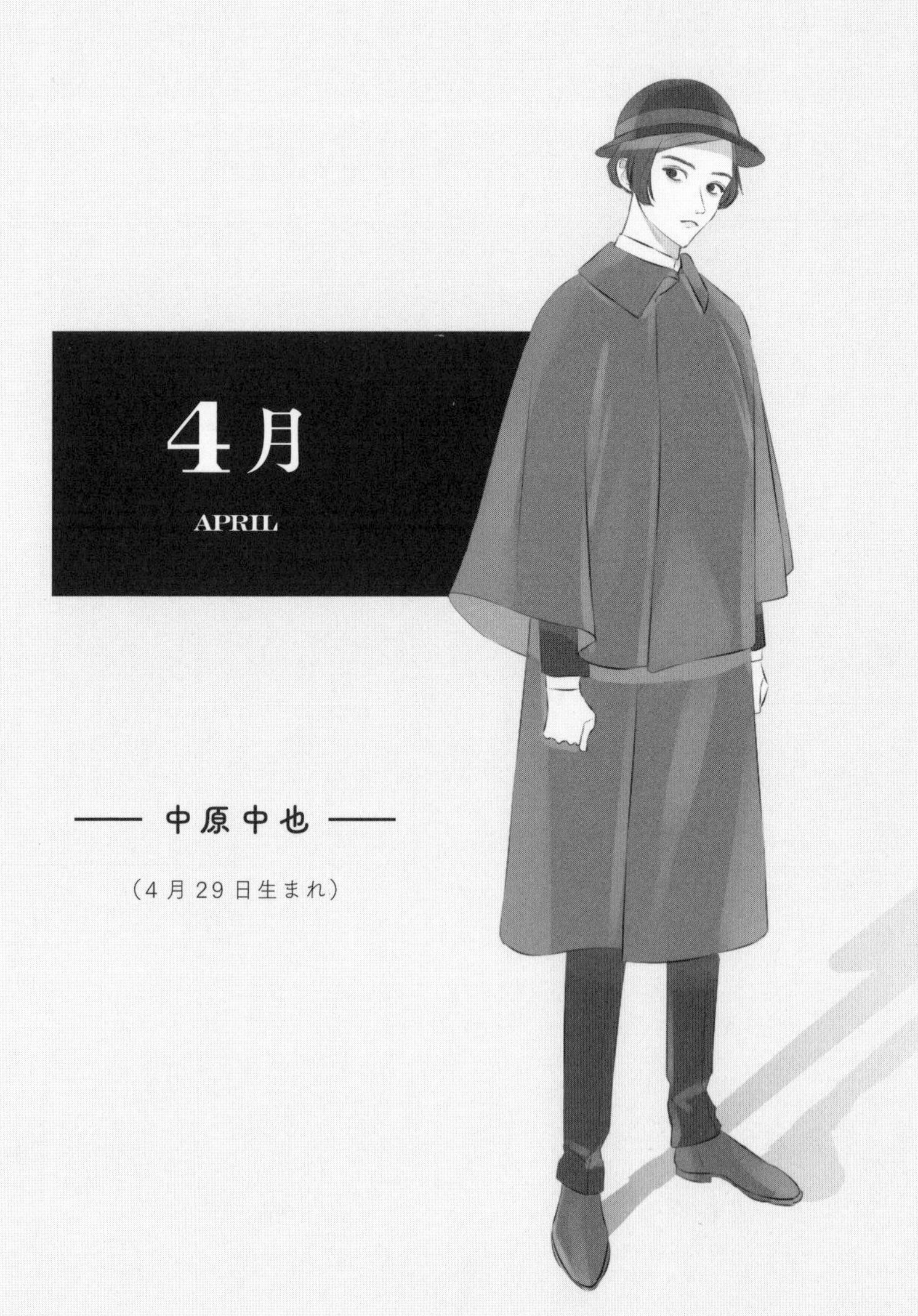

4月

APRIL

―― 中原中也 ――

（4月29日生まれ）

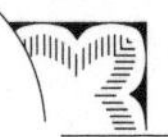

1日

＊＊＊

1909年 宮沢賢治が2日にわたって岩手県立盛岡中学校の入学試験を受ける。結果は合格。（山内修『年表作家読本 宮沢賢治』）

記念日

エイプリルフール

歴史上の出来事

1914年、宝塚少女歌劇が初公演。

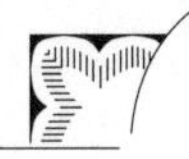

2日

＊＊＊

1895年 石川啄木が盛岡高等小学校に入学。（石川啄木『新潮日本文学アルバム6 石川啄木』）

1956年 高村光太郎が肺結核のため死去。享年73歳。この日は連翹忌（れんぎょうき）と呼ばれる。

記念日

図書館開設記念日、
国際こどもの本の日

歴史上の出来事

1951年、岩倉具視の肖像が描かれた
新500円札が発行。

4月

3日

＊＊＊

1879年 長塚節が茨城県で生まれる。代表作は『土』『芋掘り』『開業医』など。

記念日

日本橋開通記念日

歴史上の出来事

1961年、NHK「みんなのうた」が放送開始。

4日

＊＊＊

1864年 二葉亭四迷が東京都で生まれる。代表作は『浮雲』『其面影』『平凡』など。

1885年 中里介山が東京都で生まれる。代表作は『氷の花』『高野の義人』『島原城』など。

記念日

あんぱんの日

歴史上の出来事

1968年、マーティン・ルーサー・キングが暗殺される。

5日

＊＊＊

1927年 伊豆の湯ヶ島に滞在していた川端康成が、横光利一の結婚式に出席するため上京する。川端はそれきり湯ヶ島には戻らなかった。(鈴木貞美『年表作家読本 梶井基次郎』)

1964年 三好達治が心筋梗塞と鬱血性肺炎のため死去。享年63歳。この日は達治忌と呼ばれる。

記念日

横丁の日

歴史上の出来事

1954年、青森～上野間で初の
集団就職列車が運行される。

6日

＊＊＊

1915年 宮沢賢治が盛岡高等農林学校農学科第二部に首席で入学する。(山内修『年表作家読本 宮沢賢治』)

記念日

コンビーフの日

歴史上の出来事

1952年、大村競艇場にて競艇が初開催。

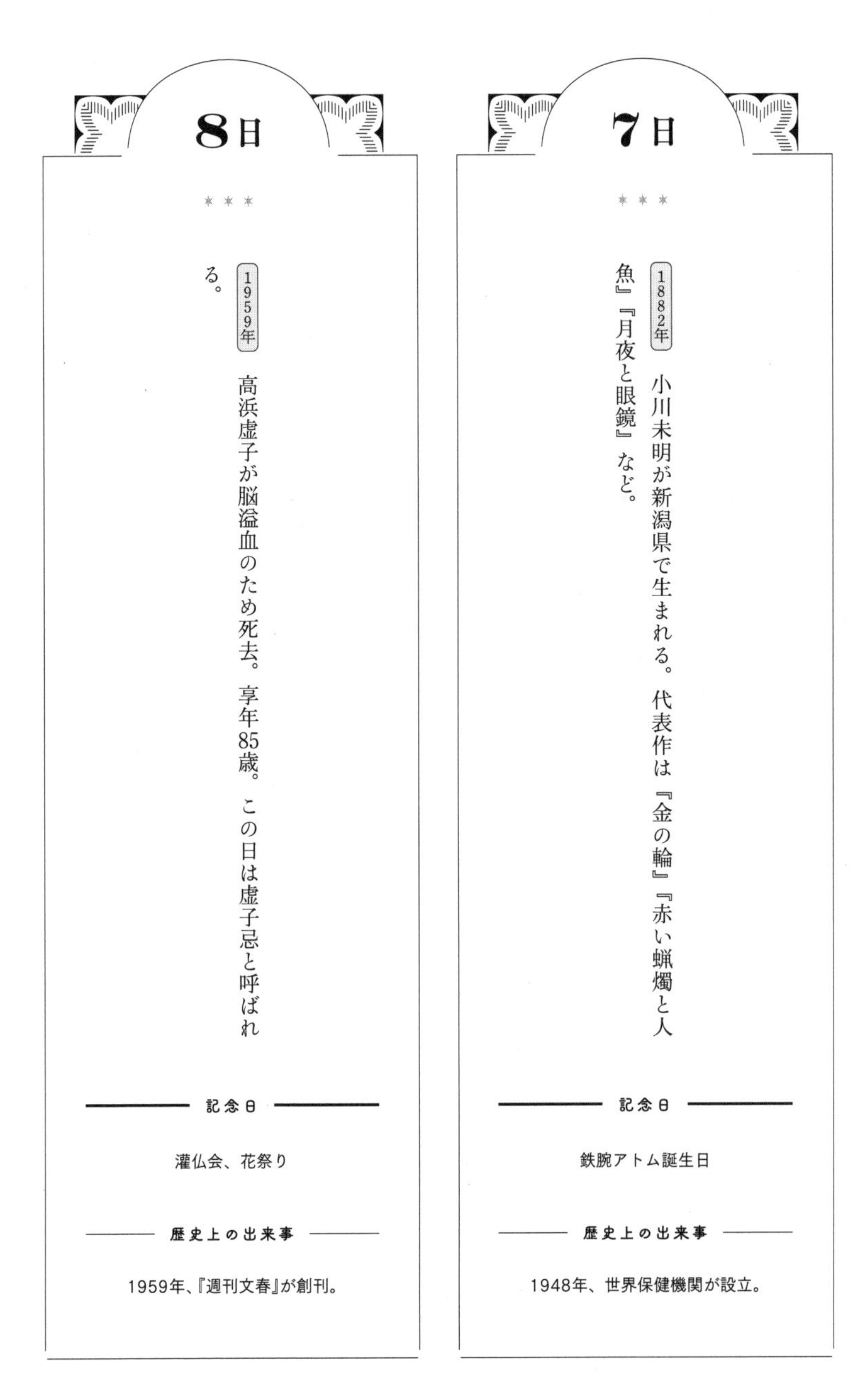

7日

＊＊＊

1882年　小川未明が新潟県で生まれる。代表作は『金の輪』『赤い蝋燭と人魚』『月夜と眼鏡』など。

記念日

鉄腕アトム誕生日

歴史上の出来事

1948年、世界保健機関が設立。

8日

＊＊＊

1959年　高浜虚子が脳溢血のため死去。享年85歳。この日は虚子忌と呼ばれる。

記念日

灌仏会、花祭り

歴史上の出来事

1959年、『週刊文春』が創刊。

9日

＊＊＊

1892年 佐藤春夫が和歌山県で生まれる。代表作は『田園の憂鬱』『殉情詩集』『退屈読本』など。

1904年 柳田國男が妻・孝と結婚。（柳田国男『新潮日本文学アルバム5 柳田国男』）

1976年 武者小路実篤が尿毒症のため死去。享年90歳。

記念日

大仏の日

歴史上の出来事

1890年、琵琶湖疏水の開通式を挙行。

10日

＊＊＊

1892年 田山花袋が「神田の大火事」に遭遇。彼は『国民新聞』に小説を連載中だったが、この火事のニュースに話題を奪われ、友人に愚痴をこぼす。（田山花袋『東京の三十年』、東京の消防百年記念行事推進委員会編『東京の消防百年の歩み』）

1936年 太宰治が『晩年』出版の打ち合わせのため、檀一雄とともに砂子屋書房を訪れる。（太宰治『太宰治全集 別巻』）

記念日

女性の日、月のうさぎの日

歴史上の出来事

1988年、瀬戸大橋開通。

11日

＊＊＊

1902年　小林秀雄が東京都で生まれる。代表作は『様々なる意匠』『ドストエフスキイの生活』『本居宣長』など。

1903年　金子みすゞが山口県で生まれる。代表作は『私と小鳥と鈴と』『大漁』など。

記念日

中央線開業記念日

歴史上の出来事

1967年、日本近代文学館が開館。

12日

＊＊＊

1946年　内田百閒が原稿料を受け取るために新潮社を訪れる。思っていたより安かったことに落胆するが、その代わり3月26日に合成酒5合をすでに受け取っていた。（内田百閒『百鬼園戦後日記 上巻』）

記念日

世界宇宙飛行の日

歴史上の出来事

1877年、東京大学が設立。

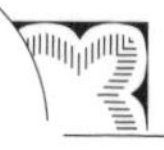

13日

＊＊＊

1916年　宮沢賢治が住んでいた盛岡高等農林学校の寮の同室に、新入生が5人入って来る。その中に保阪嘉内がおり、2人はすぐに仲良くなる。（山内修『年表作家読本 宮沢賢治』）

記念日

喫茶店の日

歴史上の出来事

1941年、日ソ中立条約が締結。

14日

＊＊＊

1889年　田山花袋が上野不忍池畔「無極庵」で行われた「東京近県頴才新誌投書家看花大親睦会」の幹事を務める。（田山花袋『定本 花袋全集 別巻』）

記念日

オレンジデー

歴史上の出来事

1929年、第1回モナコグランプリ開催。

15日

＊＊＊

1912年 13日に死去した石川啄木の葬儀が浅草松清町の等光寺で行われる。享年26歳。（石川啄木『新潮日本文学アルバム 6 石川啄木』）

記念日

東京ディズニーランド開園記念日

歴史上の出来事

1929年、阪急百貨店開店。

16日

＊＊＊

1972年 川端康成が逗子マリーナ・マンションの仕事部屋でガス自殺をとげる。享年72歳。遺作『たんぽぽ』は未完に終わる。この日は康成忌と呼ばれる。（川端康成『新潮日本文学アルバム 16 川端康成』）

記念日

ボーイズビーアンビシャスデー

歴史上の出来事

1991年、ソ連の
ゴルバチョフ大統領が初来日。

17日

＊＊＊

1924年　中原中也が女優の長谷川泰子と同棲を開始する。同じ下宿屋の階下には谷崎潤一郎『痴人の愛』のナオミのモデルとされる葉山三千子がいた。（青木健『年表作家読本 新装版 中原中也』）

1938年　堀辰雄が妻・多恵と結婚する。室生犀星夫妻が媒酌を行なった。（堀辰雄『新潮日本文学アルバム 17 堀辰雄』）

記念日

クイーンの日

歴史上の出来事

1947年、公共職業安定所発足。

18日

＊＊＊

1898年　石川啄木が岩手県盛岡尋常中学校の入学試験に合格。128人中10位の成績だった。（石川啄木『新潮日本文学アルバム 6 石川啄木』）

記念日

世界アマチュア無線の日

歴史上の出来事

1946年、国際司法裁判所が開所。

19日

＊＊＊

1964年　広津和郎、網野菊、尾崎一雄、阿川弘之らが中心となり、志賀直哉夫妻の金婚を志賀宅で祝う。（志賀直哉『志賀直哉全集 第二十二巻』）

記念日

地図の日

歴史上の出来事

1880年、新約聖書の日本語訳が完成。

20日

＊＊＊

1971年　内田百閒が老衰のため死去。ストローでシャンパンを飲みながら死亡した。享年81歳。この日は木蓮忌（もくれんき）と呼ばれる。（岩井寛『作家の臨終・墓碑事典』）

記念日

郵政記念日、珈琲牛乳の日

歴史上の出来事

1946年、国際連盟が解散。

21日

＊＊＊

1920年 永井荷風がカメラを持って丸の内を散歩する。（永井荷風『荷風全集第二十一巻』）

記念日

民放の日

歴史上の出来事

1960年、ブラジルの首都がブラジリアに遷都。

22日

＊＊＊

1960年 谷崎潤一郎の次女・恵美子が、俳優の観世栄夫と結婚。舟橋聖一が仲人を務めた。（谷崎潤一郎『新潮日本文学アルバム7 谷崎潤一郎』）

記念日

道の駅の日

歴史上の出来事

1950年、第1回ミス日本コンテスト開催。

23日

＊＊＊

1902年 三好十郎が佐賀県で生まれる。代表作は『炎の人』『首を切るのは誰だ』『獅子』など。

記念日

サン・ジョルディの日

歴史上の出来事

2005年、YouTubeに初の投稿動画「Me at the zoo」が公開される。

24日

＊＊＊

1931年 谷崎潤一郎が2番目の妻・丁未子と自宅で結婚式を挙げる。（谷崎潤一郎『谷崎潤一郎の恋文』）

1939年 内田百閒が日本郵船株式会社の嘱託となる。文書の表記や言い回しについて相談に乗る役回りだった。（内田百閒『新潮日本文学アルバム 42 内田百閒』）

記念日

日本ダービー記念日

歴史上の出来事

1963年、『週刊マーガレット』が創刊。

25日

＊＊＊

1933年　萩原朔太郎が世田谷区に自ら設計した家を建て、新築披露の宴を行う。室生犀星と竹村俊郎を招いた。（萩原朔太郎『新潮日本文学アルバム 15 萩原朔太郎』）

記念日

世界ペンギンの日

歴史上の出来事

1973年、ボードゲーム「オセロ」が発売。

26日

＊＊＊

1938年　織田作之助が本郷のレストラン「ペリカン」で友人の柴野方彦や白崎礼三らと同人雑誌の話をする。（織田作之助『定本織田作之助全集 第八巻』）

記念日

世界知的所有権の日

歴史上の出来事

1954年、黒澤明監督『七人の侍』が公開。

27日

＊＊＊

1926年 宮本百合子が九州旅行に出発。夜は京都に泊まる。（宮本百合子『宮本百合子全集 第二十四巻』）

記念日

国会図書館開館記念日、哲学の日

歴史上の出来事

1959年、毛沢東が中華人民共和国の国家主席を辞任。

28日

＊＊＊

1921年 北原白秋が妻・菊子と結婚する。白秋にとって3度目の結婚だった。（北原白秋『新潮日本文学アルバム 25 北原白秋』）

1944年 中里介山が腸チフスのため死去。享年59歳。長編『大菩薩峠』は未完に終わる。

記念日

缶ジュース発売記念日

歴史上の出来事

1937年、日本初の文化勲章授章式。

29日

＊＊＊

1907年　中原中也が山口県で生まれる。代表作は『山羊の歌』『在りし日の歌』など。

1925年　梶井基次郎が日本橋の三越で開かれていたフランス展覧会に行き、ピカソやデュフィなどの作品を観る。（鈴木貞美『年表作家読本 梶井基次郎』）

記念日

昭和の日

歴史上の出来事

1949年、国際オリンピック委員会が日本とドイツの五輪復帰を承認。

30日

＊＊＊

1959年　永井荷風が胃潰瘍のため死去。享年79歳。この日は荷風忌と呼ばれる。

1973年　大佛次郎が転移性肝癌による衰弱のため死去。享年75歳。遺作『天皇の世紀』は未完に終わる。

記念日

図書館記念日

歴史上の出来事

1995年、日本産トキの最後の雄・ミドリが死去。

5月

MAY

— 武者小路実篤 —

（5月12日生まれ）

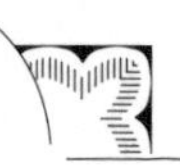

1日

＊＊＊

1911年 萩原朔太郎が慶應義塾大学部予科1年に入学。その後、父の病気により実家の萩原医院を手伝うこととなり、大学を中退する。（萩原朔太郎『新潮日本文学アルバム15 萩原朔太郎』）

1919年 萩原朔太郎が妻・稲子と結婚する。入籍は翌年の2月12日に行った。（萩原朔太郎『新潮日本文学アルバム15 萩原朔太郎』）

1964年 堀口大學と佐藤春夫が国立西洋美術館で「ミロのヴィーナス展」を見る。（佐藤春夫『新潮日本文学アルバム59 佐藤春夫』）

記念日

メーデー

歴史上の出来事

2019年、元号が平成から令和に改元。

2日

＊＊＊

1872年 樋口一葉が東京都で生まれる。代表作は『にごりえ』『十三夜』『たけくらべ』など。

1891年 石川啄木が岩手郡渋民尋常小学校へ入学。（石川啄木『新潮日本文学アルバム6 石川啄木』）

記念日

郵便貯金の日

歴史上の出来事

1920年、上野公園で第1回メーデー開催。

3日

＊＊＊

1903年 与謝野鉄幹・晶子夫婦と長男の光、友人の高村光太郎が東京から京都に出かける。鉄幹と光太郎は歌人仲間の松永清乱に会い、晶子は光とともに実家を訪れた。（平子恭子『年表作家読本 与謝野晶子』）

1907年 朝日新聞社へ入社が決まった夏目漱石が、「入社の辞」を『東京朝日新聞』に発表する。（夏目漱石『新潮日本文学アルバム２ 夏目漱石』）

記念日

憲法記念日、リカちゃんの誕生日

歴史上の出来事

1974年、雑誌『花とゆめ』が創刊。

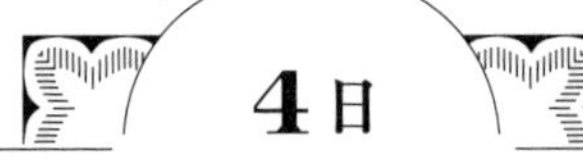

4日

＊＊＊

1908年 函館から上京した石川啄木が、金田一京助の助けで本郷にある赤心館に下宿をスタート。（石川啄木『新潮日本文学アルバム６ 石川啄木』）

記念日

みどりの日、ラムネの日

歴史上の出来事

1919年、第1回全国中学校
陸上競技選手権開催。

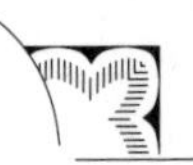

5日

＊＊＊

1882年　金田一京助が岩手県で生まれる。代表作は『国語音韻論』『国語の変遷』『新国文法』など。

1909年　中島敦が東京都で生まれる。代表作は『山月記』『古譚』『光と風と夢』など。

記念日

こどもの日

歴史上の出来事

1951年、児童憲章が制定される。

6日

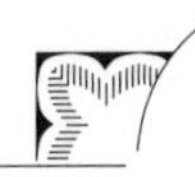

＊＊＊

1885年　野上弥生子が大分県で生まれる。代表作は『縁』『迷路』『秀吉と利休』など。

1963年　久保田万太郎が死去。画家・梅原龍三郎邸での会食中に誤嚥を起こしたことによる、急性窒息死が原因だった。享年73歳。この日は万太郎忌と呼ばれる。（岩井寛『作家の臨終・墓碑事典』）

1964年　佐藤春夫が自宅でラジオ番組「一週間自叙伝」の録音中に心筋梗塞のため急逝。享年72歳。この日は春夫忌と呼ばれる。（岩井寛『作家の臨終・墓碑事典』）

記念日

ゴムの日、コロッケの日

歴史上の出来事

1889年、パリ万国博覧会が開幕。

5月

7日

＊＊＊

1910年 田山花袋と前田晁が館林へ旅行に出かける。（田山花袋『定本 花袋全集 別巻』）

記念日

博士の日

歴史上の出来事

1875年、樺太・千島交換条約締結。

8日

＊＊＊

1928年 澁澤龍彦が東京都で生まれる。代表作は『唐草物語』『ねむり姫』『マルジナリア』など。

1951年 坂口安吾が東京地方裁判所で開かれたチャタレイ裁判第1回公判を傍聴。（坂口安吾『坂口安吾全集 別巻』）

記念日

世界赤十字デー

歴史上の出来事

1886年、コカ・コーラの発売が開始。

9日

＊＊＊

1920年 岩野泡鳴が大腸の手術後、心臓衰弱のため死去。享年47歳。この日は泡鳴忌と呼ばれる。

記念日

アイスクリームの日、メイクの日

歴史上の出来事

1876年、日本初の公園に指定された上野公園の開園式が行われる。

10日

＊＊＊

1909年 二葉亭四迷がベンガル湾上の日本郵船賀茂丸の船室で、肺炎と肺結核のため死去。享年45歳。船室からは母と妻に宛てた遺言状と、親友である坪内逍遥へ宛てた手紙が発見された。この日は四迷忌と呼ばれる。（岩井寛『作家の臨終・墓碑事典』）

1933年 文藝春秋社最初の社員公募入社試験が神田の文化学院で行われる。創設者の菊池寛が試験問題を作った。（菊池寛『新潮日本文学アルバム 39 菊池寛』）

記念日

コンクリート住宅の日

歴史上の出来事

1969年、国鉄が客車の等級を廃止。

5月

11日

＊ ＊ ＊

1942年　萩原朔太郎が肺炎のため死去。享年55歳。5月13日に自宅で告別式が営まれた。この日は朔太郎忌と呼ばれる。（萩原朔太郎『新潮日本文学アルバム 15 萩原朔太郎』）

1961年　小川未明が脳出血のため死去。享年79歳。

記念日

ご当地キャラの日

歴史上の出来事

1927年、
映画芸術科学アカデミー発足。

12日

＊ ＊ ＊

1885年　武者小路実篤が東京都で生まれる。代表作は『友情』『愛と死』『真理先生』など。

1903年　草野心平が福島県で生まれる。代表作は『第百階級』『母岩』『牡丹園』など。

1961年　佐藤春夫、吉川英治、川端康成の3人が、五島茂夫妻の案内で東宮御所に招かれ文学談義を行う。（佐藤春夫『定本 佐藤春夫全集 別巻1』）

記念日

国際看護師の日

歴史上の出来事

1948年、厚生省が母子手帖の配布を開始。

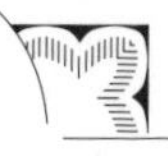

13日

＊＊＊

1905年 中学1年生の芥川龍之介が修学旅行で大森から川崎まで歩き、「修学旅行の記」を書く。当時の修学旅行は今の遠足に近いものだった。（鷺只雄『年表作家読本 新装版 芥川龍之介』）

1930年 田山花袋が喉頭癌のため死去。享年58歳。この日は花袋忌と呼ばれる。

1933年 谷崎潤一郎が媒酌人の岡成志と妹尾健太郎夫婦を交え、２番目の妻・丁未子との離婚協議を行う。（谷崎潤一郎『谷崎潤一郎の恋文』）

記念日

カクテルの日

歴史上の出来事

1976年、ポル・ポトがカンボジアの首相に就任。

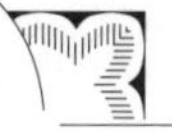

14日

＊＊＊

1882年 斎藤茂吉が山形県で生まれる。代表作は『赤光』『童馬漫語』『あらたま』など。

記念日

マーマレードの日

歴史上の出来事

1932年、
チャールズ・チャップリンが初来日。

15日

＊＊＊

1931年 武蔵野書院から梶井基次郎の『檸檬』が出版される。当時の定価は1円50銭で、発行部数は500部。（鈴木貞美『年表作家読本 梶井基次郎』）

記念日

国際家族デー

歴史上の出来事

1932年、内閣総理大臣の犬養毅が
殺害される五・一五事件が発生。

16日

＊＊＊

1941年 佐藤春夫が新聞上に掲載した永井荷風に関する評論に対して、荷風が不満を漏らす。（永井荷風『荷風全集 第二十四巻』）

記念日

旅の日

歴史上の出来事

1953年、NHKが大相撲の
テレビ中継を開始。

17日

＊＊＊

1902年 志賀直哉が学習院柔道紅白勝負で3人抜きをする。（志賀直哉『志賀直哉全集 第二十二巻』）

記念日

世界情報社会・電気通信日

歴史上の出来事

1985年、男女雇用機会均等法が成立。

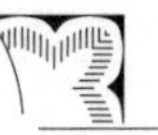

18日

＊＊＊

1867年 南方熊楠が和歌山県で生まれる。代表作は『十二支考』『南方随筆』など。

1948年 谷崎潤一郎が8年をかけて執筆した『細雪』を完成させる。（谷崎潤一郎『谷崎潤一郎全集 第二十六巻』）

記念日

ことばの日

歴史上の出来事

1936年、阿部定事件が発生。

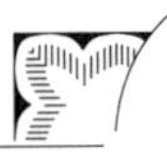

19日

＊＊＊

1912年 渡欧中の与謝野鉄幹が、自らを追ってパリへ訪れた妻の晶子を出迎える。モンマルトルのビクトル・マッセ街に下宿する。（平子恭子『年表作家読本 与謝野晶子』）

記念日

小諸・山頭火の日

歴史上の出来事

1977年、オリエント急行の最終便がパリを出発。

20日

＊＊＊

1922年 志賀直哉が病気の木下利玄を見舞った後、叔父・直方の家に泊まる。（志賀直哉『志賀直哉全集 第二十二巻』）

記念日

ローマ字の日

歴史上の出来事

1875年、パリでメートル条約が締結。

21日

＊＊＊

1931年 萩原朔太郎が室生犀星の家で映画俳優の大河内傳次郎に会い、著書をプレゼントする。（萩原朔太郎『萩原朔太郎全集　第十五巻』）

記念日

探偵の日

歴史上の出来事

1904年、国際サッカー連盟創立。

22日

＊＊＊

1948年 東京大空襲で焼け出されて掘っ建て小屋に住んでいた内田百閒が、完成した新居に引っ越しの準備をする。この日が小屋での最後の晩餐となった。（内田百閒『百鬼園戦後日記 下巻』）

記念日

国際生物多様性の日

歴史上の出来事

1946年、吉田茂が第45代
内閣総理大臣に就任。

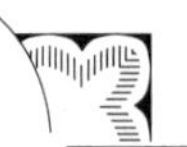

23日

＊＊＊

1917年　芥川龍之介が第一短編集『羅生門』を阿蘭陀書房より刊行する。印税は8％だった。（鷺只雄『年表作家読本 新装版 芥川龍之介』）

1925年　徹夜で原稿を書いた梶井基次郎が、友人たちと上野動物園に行く。（鈴木貞美『年表作家読本 梶井基次郎』）

記念日

ラブレターの日、キスの日

歴史上の出来事

1949年、ドイツ連邦共和国が誕生。

24日

＊＊＊

1902年　横溝正史が兵庫県で生まれる。代表作は『獄門島』『八つ墓村』『犬神家の一族』など。

1922年　芥川龍之介がお金に困り『点心』の印税を出版社の金星堂から電報為替で送らせる。同時に、さらに遊ぶお金を確保するため「金星堂からの送金がなく難渋している」と偽り新潮社の中根駒十郎にも送金を依頼する。（鷺只雄『年表作家読本 新装版 芥川龍之介』）

1971年　平塚らいてうが胆嚢・胆道癌のため死去。享年85歳。この日はらいてう忌と呼ばれる。

記念日

ゴルフ場記念日

歴史上の出来事

1883年、ニューヨークのブルックリン橋が開通。

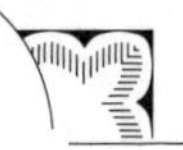

25日

＊＊＊

1947年 太宰治が朝からビールを飲み、午後は愛人・太田静子をモデルに絵を描く。（太宰治『太宰治全集 別巻』）

記念日

食堂車の日

歴史上の出来事

1955年、岩波書店から『広辞苑』の初版が刊行。

26日

＊＊＊

1945年 東京空襲により内田百閒の自宅が焼失。隣人宅にある3畳の掘っ建て小屋に移り住む。（内田百閒『新潮日本文学アルバム42 内田百閒』）

1951年 坂口安吾が税金滞納により家財と蔵書一切の差押え処分に遭う。安吾は国税局に対し蔵書の必要性を説き、処分取消を要求。処分は取りやめになる。（坂口安吾『新潮日本文学アルバム35 坂口安吾』）

記念日

源泉かけ流し温泉の日

歴史上の出来事

1969年、東名高速道路が全区間開通。

27日

＊＊＊

1909年　森鴎外の次女・杏奴が生まれる。（森鴎外『新潮日本文学アルバム1 森鴎外』）

1961年　川端康成が三島由紀夫にノーベル文学賞の推薦を依頼する内容の手紙を出す。（川端康成『川端康成全集 補巻二』）

記念日

百人一首の日

歴史上の出来事

1933年、シカゴ万国博覧会が開幕。

28日

＊＊＊

1951年　坂口安吾が川端康成の紹介でコリーの仔犬を飼い始める。（坂口安吾『坂口安吾全集 別巻』）

1953年　堀辰雄が追分の自宅で結核により死去。享年48歳。この日は辰雄忌と呼ばれる。

記念日

花火の日

歴史上の出来事

1960年、トキが国際保護鳥に指定。

29日

＊＊＊

1889年 内田百閒が岡山県で生まれる。実家は造り酒屋の「志保屋」。代表作は『冥途』『百鬼園随筆』『阿房列車』など。（内田百閒『新潮日本文学アルバム 42 内田百閒』）

1942年 与謝野晶子が狭心症と尿毒症のため荻窪の自宅で死去。享年63歳。この日は白桜忌と呼ばれる。

記念日

幸福の日

歴史上の出来事

1981年、京都初の地下鉄として京都市営地下鉄烏丸線が開業。

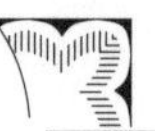

30日

＊＊＊

1948年 内田百閒が築地飲料ビルで行われた岡山県立岡山中学校の同窓会に出席する。（内田百閒『百鬼園戦後日記 下巻』）

記念日

ごみゼロの日

歴史上の出来事

1950年、文化財保護法公布。

＊＊＊

1919年　神田の食堂「ミカド」で催されたホイットマン100年祭に出席した芥川龍之介が、与謝野鉄幹・晶子夫妻と有島武郎に初めて出会う。（鷺只雄『年表作家読本 新装版 芥川龍之介』）

1920年　志賀直哉の三女・寿寿子が生まれる。（志賀直哉『志賀直哉全集 第二十二巻』）

記念日

世界禁煙デー

歴史上の出来事

1933年、塘沽協定の締結により満州事変が終結。

6月

JUNE

── 川端康成 ──

（6月14日生まれ）

1日

＊＊＊

1946年 出かけようとしている内田百閒の元にインタビューに訪れた俳句新聞記者が、道中もついてきたことに百閒は不愉快になる。さらに出かけた先の新潮社は臨時休業で誰もいなかった。（内田百閒『百鬼園戦後日記 上巻』）

記念日

省エネルギーの日

歴史上の出来事

1903年、日比谷公園が開園。

2日

＊＊＊

1939年 甲府に住んでいた太宰治が貸家を探すため妻・美知子とともに上京する。国分寺、三鷹、吉祥寺、西荻窪、荻窪を歩いて回った。（太宰治『太宰治全集 別巻』）

記念日

裏切りの日、イタリアワインの日

歴史上の出来事

1989年、竹下登内閣が総辞職。

3日

＊＊＊

1909年 歯痛に襲われた夏目漱石は歯医者に通い始める。この歯医者通いは、小説『門』にも影響している。（夏目漱石『漱石日記』）

1911年 石川啄木と妻・節子が、節子の実家への帰省をめぐって大喧嘩。結局、節子の実家と義絶する。（石川啄木『新潮日本文学アルバム 6 石川啄木』）

記念日

雲仙普賢岳祈りの日

歴史上の出来事

1889年、カナダ太平洋鉄道が全通。

4日

＊＊＊

1905年 妻・節子と結婚した石川啄木が、盛岡に新居を構える。（石川啄木『新潮日本文学アルバム 6 石川啄木』）

1926年 新津で徴兵検査を受けた坂口安吾が、第二乙種歩兵補充兵に決まる。（坂口安吾『坂口安吾全集 別巻』）

記念日

ショートフィルムの日

歴史上の出来事

1937年、パブロ・ピカソの『ゲルニカ』が完成。

5日

＊＊＊

1909年　夜中に夏目漱石の家の表札が何者かに剥がされ、牛乳函が壊され、石を投げられる。（夏目漱石『漱石日記』）

1982年　西脇順三郎が急性心不全のため死去。享年88歳。

記念日

世界環境デー

歴史上の出来事

1971年、京王プラザホテルが開業。

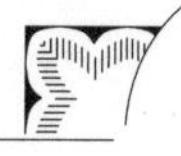

6日

＊＊＊

1948年　掘っ建て小屋から新居に引っ越した内田百閒が、数年振りに家の風呂に入る。（内田百閒『百鬼園戦後日記 下巻』）

記念日

楽器の日、邦楽の日

歴史上の出来事

2020年、東京メトロ
日比谷線・虎ノ門ヒルズ駅が開業。

7日

＊＊＊

1916年 志賀直哉の長女・慧子が生まれる。（志賀直哉『志賀直哉全集 第二十二巻』）

1941年 太宰治の長女・園子が生まれる。（太宰治『太宰治全集 別巻』）

記念日

母親大会記念日

歴史上の出来事

1884年、商標条例制定。

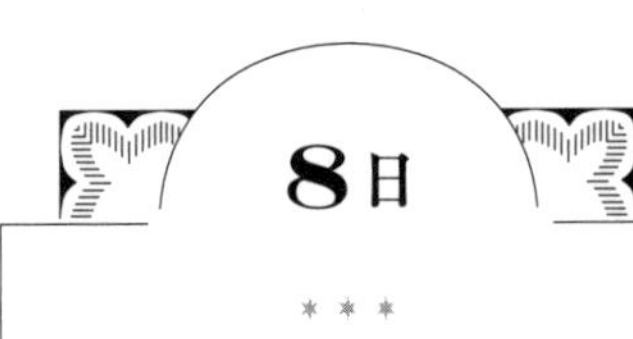

8日

＊＊＊

1923年 永井荷風が市川左團次から箱根旅行に誘われるが、右目にできた物貰いが痛むため断る。（永井荷風『荷風全集 第二十一巻』）

記念日

学校の安全確保・安全管理の日

歴史上の出来事

1947年、日本教職員組合結成。

9日

＊＊＊

1923年　有島武郎が死去。享年45歳。軽井沢の別荘浄月庵で縊死し、遺体はおよそ1か月後の7月7日に発見された。この日は星座忌と呼ばれる。（有島武郎『新潮日本文学アルバム9　有島武郎』）

記念日

ロックの日

歴史上の出来事

1934年、ドナルドダックが『かしこいメンドリ』で映画初登場。

10日

＊＊＊

1923年　永井荷風が渋谷から電車で二子玉川を訪れ、河岸の砂の上で横になって夕方まで読書をする。（永井荷風『荷風全集 第二十一巻』）

1996年　宇野千代が死去。享年98歳。この日は薄桜忌（はくおうき）と呼ばれる。

記念日

時の記念日

歴史上の出来事

1913年、森永ミルクキャラメルが発売。

6月

11日

＊＊＊

1928年 梶井基次郎がキネマ旬報社に勤めていた飯島正に誘われて、邦楽座にスタンバーグの『女の一生』を観に行く。（鈴木貞美『年表作家読本 梶井基次郎』）

記念日

傘の日

歴史上の出来事

2010年、FIFAワールドカップ南アフリカ大会が開幕。

12日

＊＊＊

1947年 内田百閒の家にブランデー屋が訪れる。35度と45度の2種類があり、百閒は強い方を購入する。（内田百閒『百鬼園戦後日記 下巻』）

記念日

恋人の日

歴史上の出来事

1961年、農業基本法公布。

14日

＊＊＊

1899年 川端康成が大阪府で生まれる。代表作は『伊豆の踊子』『雪国』『眠れる美女』など。

1912年 石川啄木の次女・房江が生まれる。啄木はこの年の4月13日、すでに結核で死去していた。（石川啄木『新潮日本文学アルバム6 石川啄木』）

記念日

星条旗制定記念日

歴史上の出来事

2008年、東京メトロ副都心線が全線開通。

13日

＊＊＊

1971年 日夏耿之介が浸下性肺炎のため死去。享年81歳。

記念日

鉄人の日

歴史上の出来事

1924年、土方与志や小山内薫らが築地小劇場を開場。

15日

＊＊＊

1908年　川上眉山が剃刀で首筋を切って自殺。享年40歳。（田山花袋『東京の三十年』）

1948年　太宰治の失踪を聞いた田中英光が熱海伊豆山にある坂口安吾の仕事場を訪ねる。2人で太宰を激励する手紙を書いた。（坂口安吾『新潮日本文学アルバム35 坂口安吾』）

記念日

暑中見舞いの日

歴史上の出来事

1912年、日本初の特別急行列車の運転が開始。

16日

＊＊＊

1918年　永井荷風の自宅に久米秀治が来訪。荷風が家の裏で栽培していた薬草を久米に贈る。（永井荷風『荷風全集 第二十一巻』）

記念日

ケーブルテレビの日

歴史上の出来事

1897年、
アメリカ・ハワイ併合条約調印。

17日

＊＊＊

1964年

日本人として初めて全米芸術院、米国文学芸術アカデミーから名誉会員に選ばれた谷崎潤一郎が、米国大使館で授賞式に参加する。（谷崎潤一郎『新潮日本文学アルバム 7 谷崎潤一郎』）

記念日

薩摩の日

歴史上の出来事

1944年、アイスランドがデンマークから独立。

18日

＊＊＊

1955年

豊島与志雄が心筋梗塞のため死去。享年64歳。

記念日

海外移住の日

歴史上の出来事

1985年、豊田商事会長の永野一男が刺殺される。

19日

＊ ＊ ＊

1948年 玉川上水に入水した太宰治の遺体が発見される。この日は太宰の誕生日でもあり、桜桃忌と呼ばれる。（太宰治『新潮日本文学アルバム 19 太宰治』）

記念日

ロマンスの日

歴史上の出来事

1961年、クウェートがイギリス保護領から独立。

20日

＊ ＊ ＊

1912年 石川啄木の死後、第2歌集『悲しき玩具』が東雲堂書店より出版される。書名は土岐哀果が付けた。（石川啄木『新潮日本文学アルバム 6 石川啄木』）

記念日

ペパーミントの日

歴史上の出来事

1973年、渋谷のNHKホールが開館。

21日

＊＊＊

1909年　夏目漱石が『三四郎』の初版印税を子どものためのピアノ購入代金に充てるよう妻に提案され、しぶしぶ承諾する。（夏目漱石『漱石日記』）

記念日

国際ヨガの日

歴史上の出来事

1898年、グアムがスペインからアメリカに割譲される。

22日

＊＊＊

1859年　坪内逍遥が岐阜県で生まれる。代表作は『小説神髄』『当世書生気質』など。

1903年　山本周五郎が山梨県で生まれる。代表作は『樅ノ木は残った』『季節のない街』『さぶ』など。

1950年　坂口安吾が「安吾巷談」の取材で初めてストリップを見学する。（坂口安吾『坂口安吾全集 別巻』）

記念日

かにの日

歴史上の出来事

1907年、東北帝国大学が創設。

23日

＊＊＊

1889年 三木露風が兵庫県で生まれる。代表作は『廃園』『白き手の猟人』『幻の田園』など。童謡「赤とんぼ」の作詞者としても知られる。

1908年 国木田独歩が肺結核のため死去。享年36歳。この日は独歩忌と呼ばれる。

1949年 坂口安吾や獅子文六、今日出海、永井龍男、石川達三らが文壇野球チームを結成。東鉄グラウンドで文藝春秋チームと対戦し、12対12の引き分けになる。（坂口安吾『坂口安吾全集 別巻』）

記念日

国連パブリック・サービス・デー

歴史上の出来事

1868年、
リストファー・レイサム・ショールズが
タイプライターの特許を取得。

24日

＊＊＊

1908年 前日に病死した国木田独歩の遺体の元へ訪れた友人の田山花袋と、新聞の報道を見て駆けつけた徳富蘇峰が居合わせる。（田山花袋『東京の三十年』）

記念日

林檎忌（歌手・美空ひばりの命日）

歴史上の出来事

1894年、オリンピックの
開催周期が4年に決定。

25日

＊＊＊

1936年　太宰治の処女短編集『晩年』が刊行される。太宰は6月21日に出来上がったばかりの『晩年』を井伏鱒二に送り、翌22日には『晩年』を持って佐藤春夫宅を訪問している。（太宰治『太宰治全集 別巻』）

記念日

生酒の日

歴史上の出来事

1949年、戦争で途絶えていた
芥川賞が復活。

26日

＊＊＊

1941年　太宰治が戸石泰一と荻窪駅のプラットホームで落ち合い、文藝春秋社に行って印税を受け取る。その後、山岸外史の結婚式への出席を依頼するために佐藤春夫を訪ねたり、浅草で芝居を観覧したり、カフェーで飲んだりした。（太宰治『太宰治全集 別巻』）

記念日

国際薬物乱用・不正取引防止デー

歴史上の出来事

1960年、マダガスカルが
フランスから独立。

27日

＊＊＊

1850年　小泉八雲がギリシャ西部のレフカダ島で生まれる。本名はパトリック・ラフカディオ・ハーン。

1917年　日本橋のレストラン「鴻の巣」で芥川龍之介の『羅生門』出版記念パーティーが催される。谷崎潤一郎をはじめ23名が出席した。（鷺只雄『年表作家読本 新装版 芥川龍之介』）

1936年　鈴木三重吉が肺臓癌のため死去。享年53歳。

記念日

零細・中小企業デー、演説の日

歴史上の出来事

1967年、ロンドンのバークレー銀行に世界初のATMが設置。

28日

＊＊＊

1951年　林芙美子が心臓麻痺のため死去。享年47歳。遺作『めし』は未完に終わる。この日は芙美子忌と呼ばれる。

記念日

貿易記念日

歴史上の出来事

1919年、ドイツが連合国と「ヴェルサイユ条約」を締結。

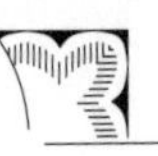

29日

＊＊＊

1927年 佐藤春夫が中国から来日した旧友の田漢を武者小路実篤に紹介する。（佐藤春夫『定本 佐藤春夫全集 別巻1』）

1936年 芥川賞の選考委員だった川端康成に、太宰治が懇願の手紙を書く。（太宰治『太宰治全集 12』）

記念日

星の王子さまの日

歴史上の出来事

1966年、ビートルズが初来日。

30日

＊＊＊

1897年 石川啄木が受験勉強のため菊池道太の経営する学術講習会（後の江南義塾）に通い始める。（石川啄木『新潮日本文学アルバム 6 石川啄木』）

1941年 山岸外史の結婚披露宴が行われ、佐藤春夫が媒酌人として夫妻で出席する。（佐藤春夫『定本 佐藤春夫全集 別巻1』）

記念日

集団疎開の日

歴史上の出来事

1898年、大隈重信が第8代内閣総理大臣に就任。

7月
JULY

── 谷崎潤一郎 ──

（7月24日生まれ）

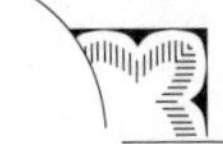

1日

＊＊＊

石川啄木が長与胃腸病院に入院中の夏目漱石のお見舞いに行く。

1910年
（石川啄木『新潮日本文学アルバム6 石川啄木』）

記念日

童謡の日

歴史上の出来事

1889年、東海道本線が全線開通。

2日

＊＊＊

与謝野鉄幹・晶子夫妻の次男・秀が生まれる。名付け親は薄田泣菫。

1904年
（平子恭子『年表作家読本 与謝野晶子』）

記念日

1年の折り返しの日、真ん中の日

歴史上の出来事

1883年、官報が創刊される。

3日

＊＊＊

1916年 川端康成が一夜漬けで学校の試験に臨み、クラスでもっとも早く提出する。（川端康成『川端康成全集 補巻一』）

記念日

ソフトクリームの日

歴史上の出来事

1938年、
フォルクスワーゲン・タイプ1が発表。

4日

＊＊＊

1916年 学生時代の川端康成が短歌や俳句を投稿した雑誌を見て、自分の作品が載っていないことにがっかりする。（川端康成『川端康成全集 補巻一』）

記念日

梨の日

歴史上の出来事

1865年、ルイス・キャロルの
『不思議の国のアリス』が刊行。

5日

＊＊＊

1910年 石川啄木が『二葉亭全集』の編集のため『ツルゲーネフ全集』第5巻を夏目漱石から借りる。（石川啄木『新潮日本文学アルバム 6 石川啄木』）

記念日

農林水産省発足記念日

歴史上の出来事

1962年、アルジェリアがフランスから独立。

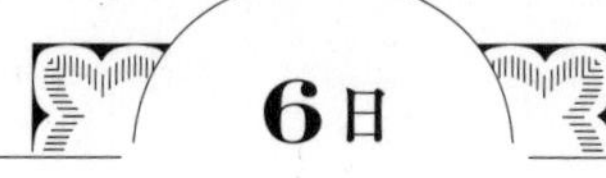

6日

＊＊＊

1937年 永井荷風の家の温度計が華氏92度を示すが、荷風は誤って日記に摂氏92度と記述する。（永井荷風『荷風全集 第二十四巻』）

記念日

サラダ記念日、ピアノの日

歴史上の出来事

1947年、浅間山噴火。

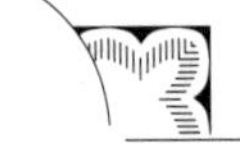

7日

＊＊＊

1931年 梶井基次郎が『檸檬』の出版に際し実務を担当した友人の淀野隆三に、出版元の武蔵野書院から印税75円が届かない、と催促する。（鈴木貞美『年表作家読本 梶井基次郎』）

記念日

七夕

歴史上の出来事

1919年、カルピスが販売開始。

8日

＊＊＊

1923年 永井荷風が病院の待合室で偶然読んだ新聞の記事で、有島武郎の自殺を知る。（永井荷風『荷風全集 第二十一巻』）

記念日

質屋の日

歴史上の出来事

1889年、
「ウォールストリート・ジャーナル」創刊。

9日

＊＊＊

1881年　森鴎外が東京大学医学部を卒業する。（森鴎外『新潮日本文学アルバム1森鴎外』）

1922年　森鴎外が肺結核のため死去。享年60歳。この日は鴎外忌と呼ばれる。

記念日

ジェットコースターの日

歴史上の出来事

1877年、第1回
ウィンブルドン選手権大会開催。

10日

＊＊＊

1993年　井伏鱒二が肺炎のため死去。享年95歳。この日は鱒二忌と呼ばれる。

記念日

納豆の日、ウルトラマンの日

歴史上の出来事

1927年、岩波文庫創刊。

11日

＊＊＊

1903年 志賀直哉が学習院中等科6年を卒業。成績は、国文と武課のみ甲、他はすべて乙だった。（志賀直哉『志賀直哉全集 第二十二巻』）

1936年 太宰治の処女作『晩年』の完成を祝い、上野精養軒で出版記念会が催される。友人や知人30数名ほどが集まり、檀一雄が司会を務めた。（太宰治『太宰治全集 別巻』）

記念日

真珠記念日

歴史上の出来事

1968年、『少年ジャンプ』創刊。

12日

＊＊＊

1940年 伊豆に滞在中の太宰治が井伏鱒二と亀井勝一郎が泊まっている南豆荘を訪れる。3人は雨の中、宿の前の「三日月」という飲み屋に行った。（太宰治『太宰治全集 別巻』）

記念日

ラジオ本放送の日、人間ドックの日

歴史上の出来事

1947年、パリで第1回
欧州経済復興会議開催。

13日

＊＊＊

1936年 島崎藤村と有島生馬がアルゼンチンで行われる第14回国際ペンクラブ大会に出席するため東京を出発する。（島崎藤村『新装版 藤村全集 第十七巻』）

記念日

生命尊重の日

歴史上の出来事

1930年、第1回ワールドカップがウルグアイで開幕。

14日

＊＊＊

1888年 里見弴が神奈川県で生まれる。代表作は『善心悪心』『多情仏心』『安城家の兄弟』など。

記念日

パリ祭、フランス革命記念日

歴史上の出来事

1908年、
桂太郎が第13代内閣総理大臣に就任。

15日

＊＊＊

1861年 広津柳浪が長崎県で生まれる。代表作は『変目伝』『黒蜥蜴』『今戸心中』など。

1939年 太宰治が家探しのため甲府から上京し、三鷹に新築中の貸家を契約する。（太宰治『太宰治全集 別巻』）

記念日

ファミコンの日

歴史上の出来事

1922年、日本共産党結成。

16日

＊＊＊

1941年 買い物に出かけた永井荷風だが、戦争の影響で店に野菜や牛肉がなく、豆腐も品切れになっており困惑。銀座千疋屋の店頭には唯一、僅かに桃が並んでいた。（永井荷風『荷風全集 第二十四巻』）

記念日

駅弁記念日

歴史上の出来事

1951年、J・D・サリンジャーの『ライ麦畑でつかまえて』が出版。

17日

＊＊＊

1946年 朝、内田百閒が寝床で左腕を蜂に刺される。（内田百閒『百鬼園戦後日記 上巻』）

記念日

漫画の日

歴史上の出来事

1966年、『ウルトラマン』第1話が放送開始。

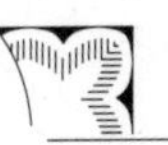

18日

＊＊＊

1928年 馬込に転居した川端康成の自宅を梶井基次郎が訪ねたが留守だった。翌日、映画『忠次旅日記』を一緒に観に行くよう誘うつもりだったが、結局、淀野隆三と2人で観た。（鈴木貞美『年表作家読本 梶井基次郎』）

1934年 萩原朔太郎と佐藤惣之助が堀口大學の新居に招待され、食事をご馳走される。（萩原朔太郎『萩原朔太郎全集 第十五巻』）

記念日

光化学スモッグの日

歴史上の出来事

1871年、文部省創設。

19日

＊＊＊

1965年 梅崎春生が肝硬変のため死去。享年50歳。遺作『幻化』にちなみ、この日は幻化忌と呼ばれる。

記念日

女性大臣の日、
カープ黄金時代の幕開けの日

歴史上の出来事

1900年、パリで初の地下鉄として
パリメトロ1号線が開通。

20日

＊＊＊

1909年 夏目漱石が自宅のキッチンに3口のガス七輪を引く。ガスが調理用に普及して間もない頃である。（夏目漱石『漱石日記』）

記念日

夏割りの日

歴史上の出来事

1969年、「アポロ11号」が
人類初の月面着陸。

21日

＊＊＊

1954年　第31回芥川賞選考会が行われるが、坂口安吾は欠席。選考のあり方に疑義を抱いた安吾はその後、選考委員を辞任する。（坂口安吾『坂口安吾全集 別巻』）

記念日

神前結婚記念日

歴史上の出来事

1881年、開拓使官有物払下げ事件が起きる。

22日

＊＊＊

1969年　松岡譲が脳出血のため死去。享年77歳。

記念日

下駄の日

歴史上の出来事

1951年、ソ連が2頭の犬を乗せたロケットを打ち上げる。

23日

＊＊＊

1917年 志賀直哉の次女・留女子（るめこ）が生まれる。（志賀直哉『志賀直哉全集 第二十二巻』）

1928年 葛西善蔵が肺結核のため死去。享年41歳。遺作は『酔狂者の独白』。

記念日

米騒動の日

歴史上の出来事

1946年、日本新聞協会設立。

24日

＊＊＊

1886年 谷崎潤一郎が東京都で生まれる。代表作は『刺青』『痴人の愛』『細雪』など。

1927年 芥川龍之介が服毒自殺。享年36歳。弟子の堀辰雄はショックを受けるが、その後芥川全集の編集に携わった。この日は河童忌と呼ばれる。（堀辰雄『新潮日本文学アルバム17 堀辰雄』）

記念日

劇画の日、テレワーク・デイ

歴史上の出来事

1950年、日本初の国定公園として琵琶湖国定公園を指定。

25日

＊＊＊

1916年 萩原朔太郎が避暑のため新潟県鯨波海岸へ向かう。出発に先立って室生犀星に200字詰原稿用紙8000枚を依頼しており、詩集を出すことを決意していたといわれている。（萩原朔太郎『新潮日本文学アルバム 15 萩原朔太郎』）

記念日

かき氷の日

歴史上の出来事

1883年、日本初の国葬として
岩倉具視の葬儀を実施。

26日

＊＊＊

1928年 佐藤春夫が上京中の谷崎潤一郎と築地小劇場の第5回帝劇公演「真夏の夜の夢」を観る。（佐藤春夫『定本 佐藤春夫全集 別巻1』）

記念日

ポツダム宣言記念日、幽霊の日

歴史上の出来事

1965年、
モルディブがイギリスより独立。

27日

＊＊＊

1887年　山本有三が栃木県で生まれる。代表作は『女の一生』『真実一路』『路傍の石』など。

1922年　芥川龍之介が小穴隆一とともに志賀直哉の家を初めて訪れる。（志賀直哉『志賀直哉全集 第二十二巻』）

記念日

スイカの日

歴史上の出来事

2013年、隅田川花火大会が
雷雨の影響により史上初の中止。

28日

＊＊＊

1965年　江戸川乱歩が池袋の自宅で脳出血のため死去。享年70歳。遺作は『超人ニコラ』。この日は石榴忌（ざくろき）と呼ばれる。

記念日

第一次世界大戦開戦記念日

歴史上の出来事

1990年、アルベルト・フジモリが
ペルーの大統領に就任。

29日

＊＊＊

1927年　永井荷風が銀座の「カフェー・タイガー」で休憩しているとき、見知らぬ男に芥川龍之介の自殺のことについて尋ねられるが、酒代を狙って喧嘩を吹きかけてきた無頼漢だと推察し、トイレに行くふりをして店の外に逃げ出す。（永井荷風『荷風全集　第二十二巻』）

記念日

アマチュア無線の日

歴史上の出来事

1921年、
ヒトラーがナチス党党首に就任。

30日

＊＊＊

1913年　伊藤左千夫が脳溢血のため死去。享年48歳。この日は左千夫忌と呼ばれる。

1913年　新美南吉が愛知県で生まれる。代表作は『ごん狐』『おぢいさんのランプ』『手袋を買いに』など。

1914年　立原道造が東京都で生まれる。代表作は『萱草に寄す』『曉と夕の詩』『優しき歌』など。

1947年　幸田露伴が肺炎と狭心症のため死去。享年79歳。この日は露伴忌と呼ばれる。

記念日

国際フレンドシップ・デー

歴史上の出来事

1912年、明治天皇が崩御し、
元号が明治から大正に改元。

7月

31日

＊＊＊

【1875年】柳田國男が兵庫県で生まれる。代表作は『遠野物語』『蝸牛考』『桃太郎の誕生』など。

【1907年】与謝野鉄幹が平野万里、吉井勇、木下杢太郎、北原白秋の4人を連れて福岡県の福岡西公園を訪れる。西九州を巡るこの旅の記録は「五足の靴」として東京二六新聞に連載される。（北原白秋『新潮日本文学アルバム 25 北原白秋』）

【1936年】中原中也が妻と息子と3人で上野の万国博覧会に行き、サーカスを見て、飛行機に乗る。（青木健『年表作家読本 新装版 中原中也』）

記念日

蓄音機の日

歴史上の出来事

1937年、三井造船創業。

── 宮沢賢治 ──

（8 月 27 日生まれ）

1日

＊＊＊

1881年　会津八一が新潟県で生まれる。代表作は『南京新唱』『鹿鳴集』『寒燈集』など。

1889年　室生犀星が石川県で生まれる。代表作は『性に目覚める頃』『あにいもうと』『蜜のあはれ』など。

記念日

水の日

歴史上の出来事

1961年、第1次西成暴動勃発。

2日

＊＊＊

1916年　有島武郎が妻・安子を結核で喪う。（有島武郎『新潮日本文学アルバム9 有島武郎』）

記念日

ハープの日

歴史上の出来事

1945年、ポツダム会談が終了。

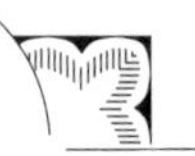

3日

＊＊＊

1965年 東京青山葬儀場において、7月30日に死去した谷崎潤一郎の葬儀が行われる。享年80歳。分骨した巣鴨の慈眼寺にある墓は、芥川龍之介の墓と隣り合っている。（谷崎潤一郎『新潮日本文学アルバム7 谷崎潤一郎』）

記念日

はちみつの日

歴史上の出来事

1955年、少女漫画雑誌『りぼん』創刊。

4日

＊＊＊

1946年 内田百閒が妻の提案で生まれて初めてキュウリの味噌汁を食べる。最初は気味が悪いと思っていた百閒だが、食べてみると冬瓜の味噌汁に似ていて美味しかった。（内田百閒『百鬼園戦後日記 上巻』）

記念日

ゆかたの日

歴史上の出来事

1899年、日本初の「ビヤホール」が銀座8丁目に開業。

5日

＊＊＊

1931年 与謝野鉄幹・晶子夫妻が高野山夏期大学の講演を行う。聴衆は800人。その夜、滞山中だった谷崎潤一郎夫妻に会う。（平子恭子『年表作家読本 与謝野晶子』）

1946年 谷崎潤一郎が京都市左京区の南禅寺の近くにある売家を見に行き、購入を即決。上田秋成の墓のある西福寺にも近い場所だった。（谷崎潤一郎『谷崎潤一郎の恋文』）

1987年 澁澤龍彥が軽動脈瘤破裂のため死去。享年59歳。遺作は『高丘親王航海記』。

記念日

みんなの親孝行の日

歴史上の出来事

1912年、東京で日本初の
タクシー営業を開始。

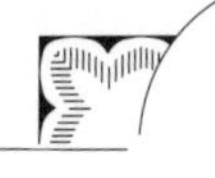

6日

＊＊＊

1953年 坂口安吾の長男・綱男が誕生。不安定だった安吾の状態も、これを機に安定する。（坂口安吾『新潮日本文学アルバム35 坂口安吾』）

記念日

広島平和記念日

歴史上の出来事

1932年、
第1回ヴェネツィア国際映画祭が開催。

7日

＊＊＊

1944年　織田作之助が癌で前日亡くなった妻・一枝と最後の対面。棺には化粧道具を入れたハンドバッグと人形、メロン、自著、原作を務めた映画「帰ってきた男」のスチールを入れた。（織田作之助『定本織田作之助全集 第八巻』）

記念日

月遅れ七夕

歴史上の出来事

1960年、コートジボワールがフランスから独立。

8日

＊＊＊

1962年　柳田國男が老衰のため死去。享年87歳。この日は國男忌と呼ばれる。

1965年　スウェーデンから訪れたノーベル賞関係者が、日本人候補者について聞き取り調査を行い、本国に報告書を送る。このとき名前が挙がっていたのは、川端康成、三島由紀夫、西脇順三郎、谷崎潤一郎の４人。（ＷＥＢサイト『サイカルジャーナル』内「記者が見たノーベル文学賞秘話」）

記念日

子ども会の日、親孝行の日

歴史上の出来事

1967年、東南アジア諸国連合が結成される。

9日

＊＊＊

1919年　本郷「燕楽軒」で行われた中村星湖『失はれた指環』出版記念会に田山花袋が出席する。（田山花袋『定本 花袋全集 別巻』）

記念日

ながさき平和の日

歴史上の出来事

1946年、第1回国民体育大会が宝塚市で開幕。

10日

＊＊＊

1944年　太宰治の長男・正樹が生まれる。（太宰治『太宰治全集 別巻』）

記念日

宿の日

歴史上の出来事

1793年、パリでルーヴル美術館が開館。

11日

＊＊＊

1892年　吉川英治が神奈川県で生まれる。代表作は『鳴門秘帖』『宮本武蔵』『三国志』など。

記念日

インスタント・コーヒーの日

歴史上の出来事

1960年、チャドがフランスからの独立を宣言。

12日

＊＊＊

1948年　内田百閒が季節遅れで蒔いたアサガオの種が、薄紫の花を咲かせる。
（内田百閒『百鬼園戦後日記 下巻』）

記念日

太平洋横断記念日

歴史上の出来事

1978年、日中平和友好条約が締結。

13日

＊＊＊

1904年 当時12歳の芥川龍之介が、身体が弱いことから通っていたスイミングスクール「日本遊泳協会」の4級の試験に合格する。（鷺只雄『年表作家読本 新装版 芥川龍之介』）

1945年 戦火を避けて岡山県勝山町に疎開していた谷崎潤一郎の住まいに東京で罹災した永井荷風が訪れる。荷風は何編かの原稿を谷崎に託した。（谷崎潤一郎『新潮日本文学アルバム 7 谷崎潤一郎』）

記念日

左利きの日

歴史上の出来事

1952年、日本が国際通貨基金に加盟。

14日

＊＊＊

1940年 種田山頭火が道後温泉で入浴した後、酒を飲む。1杯、また1杯と飲みすぎてしまい、泥酔し、自己嫌悪に陥る。（種田山頭火『作家の自伝35 種田山頭火』）

記念日

専売特許の日

歴史上の出来事

1947年、パキスタンが
イギリスから独立。

15日

＊＊＊

1901年　与謝野晶子の処女歌集『みだれ髪』が鳳晶子の名で出版される。（平子恭子『年表作家読本 与謝野晶子』）

記念日

終戦記念日、全国戦没者追悼式

歴史上の出来事

1914年、パナマ運河開通。

16日

＊＊＊

1961年　志賀直哉が激励のため熱海に住む広津和郎を訪ねる。（志賀直哉『志賀直哉全集 第二十二巻』）

記念日

電子コミックの日

歴史上の出来事

1946年、経済団体連合会設立。

17日

＊＊＊

1930年 谷崎潤一郎と妻・千代子が離婚し、谷崎の友人・佐藤春夫が千代子と再婚することを3人連盟で発表。（谷崎潤一郎『新潮日本文学アルバム７谷崎潤一郎』）

1946年 谷崎潤一郎の『細雪』上巻が中央公論社より発売。奥付は6月25日となっているが、外箱に使う厚紙の準備が間に合わずに店頭に並ぶのが遅れた。（谷崎潤一郎『谷崎潤一郎の恋文』）

1965年 高見順が食道癌のため死去。享年58歳。この日は荒磯忌と呼ばれる。

記念日

プロ野球ナイター記念日

歴史上の出来事

1945年、初めて千円紙幣を発行。

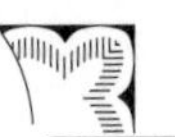

18日

＊＊＊

1907年 石川啄木が函館日日新聞社の遊軍記者となる。（石川啄木『新潮日本文学アルバム６石川啄木』）

1951年 新潮社の創立者、佐藤義亮が死去。享年73歳。

記念日

100万人「打ち水大作戦」デー、
約束の日

歴史上の出来事

1915年、第1回全国中等学校
優勝野球大会が開幕。

19日

＊＊＊

1933年　志賀直哉が息子の直吉と甲子園で中京商業対明石中学の野球の試合を観る。（志賀直哉『志賀直哉全集 第二十二巻』）

記念日

俳句の日

歴史上の出来事

1919年、アフガニスタンがイギリスから独立。

20日

＊＊＊

1904年　田山花袋が流行性腸胃熱で兵站病院電線室に入院する。（田山花袋『定本 花袋全集 別巻』）

記念日

NHK創立記念日

歴史上の出来事

1930年、日本初の3色灯自動信号機を34か所に設置。

21日

＊＊＊

1935年 太宰治が山岸外史とともに初めて佐藤春夫に会う。（佐藤春夫『定本佐藤春夫全集 別巻1』）

記念日

献血の日

歴史上の出来事

1937年、中ソ不可侵条約締結。

22日

＊＊＊

1867年 幸田露伴が東京都で生まれる。代表作は『五重塔』『洗心録』『運命』など。

1943年 島崎藤村が脳溢血のため死去。享年71歳。遺作『東方の門』は未完に終わる。この日は藤村忌と呼ばれる。

記念日

ヤバイ夫婦の日

歴史上の出来事

1903年、新橋～品川間で東京初の路面電車が運行開始。

23日

＊ ＊ ＊

1900年 三好達治が大阪府で生まれる。代表作は『測量船』『駱駝の瘤にまたがつて』『故郷の花』など。

記念日

白虎隊自刃の日

歴史上の出来事

1948年、万代橋事件が発生。

24日

＊ ＊ ＊

1885年 若山牧水が宮崎県で生まれる。代表作は『海の声』『別離』『路上』など。

1979年 中野重治が胆嚢癌のため死去。享年77歳。この日はくちなし忌と呼ばれる。

記念日

愛酒の日

歴史上の出来事

1949年、北大西洋条約が発効。

25日

＊＊＊

1868年 山田美妙が東京都で生まれる。代表作は『武蔵野』『蝴蝶』『夏木立』など。

1916年 芥川龍之介が後の妻となる文にプロポーズの手紙を書く。文はこの時満16歳の女学生だった。（鷺只雄『年表作家読本 新装版 芥川龍之介』）

記念日

東京国際空港開港記念日

歴史上の出来事

1919年、三菱銀行設立。

26日

＊＊＊

1946年 内田百閒が兜町へ散髪に行く。あまりの暑さで外に出ず、1か月ぶりの散髪だったため、さっぱりして頭が半分くらいになったように感じる。（内田百閒『百鬼園戦後日記 上巻』）

記念日

レインボーブリッジ開通記念日

歴史上の出来事

1976年、世界初のエボラ出血熱患者がコンゴ民主共和国で発生。

27日

＊ ＊ ＊

1896年 宮沢賢治が岩手県で生まれる。代表作は『注文の多い料理店』『雨ニモマケズ』『銀河鉄道の夜』など。

記念日

『男はつらいよ』の日

歴史上の出来事

1986年、玉川上水に
21年ぶりに通水。

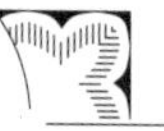

28日

＊ ＊ ＊

1937年 永井荷風が近所の魚屋から流れてくる匂いや、近所の家から流れてくる蓄音機の音のせいで窓を開けられないことに不満を抱く。（永井荷風『荷風全集 第二十四巻』）

記念日

民放テレビスタートの日

歴史上の出来事

1996年、イギリス王太子チャールズと
ダイアナ妃が離婚。

29日

＊＊＊

1920年 当時高校生だった梶井基次郎が盆踊りに出かける。（鈴木貞美『年表作家読本 梶井基次郎』）

記念日

文化財保護法施行記念日、
おかねを学ぶ日

歴史上の出来事

1842年、南京条約が締結され、
アヘン戦争が終結。

30日

＊＊＊

1871年 国木田独歩が千葉県で生まれる。代表作は『武蔵野』『忘れえぬ人々』『牛肉と馬鈴薯』など。

1917年 志賀直哉が長年不仲だった父・直温と和解。その喜びから、半月で「和解」の原稿150枚を脱稿する。（志賀直哉『志賀直哉全集 第二十二巻』）

記念日

国際失踪者デー

歴史上の出来事

1984年、スペースシャトル
「ディスカバリー」が初めて打ち上げられる。

31日

＊＊＊

1918年　堀口大學が永井荷風の自宅を訪問。近いうちに南米に渡航することを報告する。（永井荷風『荷風全集 第二十一巻』）

記念日

宿題の日

歴史上の出来事

1991年、キルギスがソビエト連邦からの独立を宣言。

9月

SEPTEMBER

—— 星新一 ——

（9月6日生まれ）

1日

＊＊＊

1908年 有島武郎が後に妻となる安子と日比谷の松本楼で見合いをする。9月11日には結納を交わした。（有島武郎『新潮日本文学アルバム 9 有島武郎』）

1923年 関東大震災が発生し、前橋に住んでいた萩原朔太郎は親戚を見舞うために上京する。（萩原朔太郎『新潮日本文学アルバム 15 萩原朔太郎』）

1923年 佐藤春夫と堀口大學が望翠楼ホテルで関東大震災に遭う。（佐藤春夫『定本 佐藤春夫全集 別巻1』）

記念日

夢二忌（竹久夢二の命日）

歴史上の出来事

1923年、関東大震災が発生。

2日

＊＊＊

1897年 田山花袋が太田玉茗とその弟・伊藤四郎とともに相州松輪を訪れる。（田山花袋『定本 花袋全集 別巻』）

記念日

宝くじの日

歴史上の出来事

1905年、清が科挙を廃止。

3日

＊＊＊

1953年

折口信夫が胃癌のため死去。享年66歳。

記念日

ホームラン記念日

歴史上の出来事

1984年、東京国立近代美術館フィルムセンターの収蔵庫で火災が発生。

4日

＊＊＊

1920年

萩原朔太郎の長女・葉子が誕生。2年後の1922年9月1日には次女の明子も生まれている。（萩原朔太郎『新潮日本文学アルバム 15 萩原朔太郎』）

記念日

クラシック音楽の日

歴史上の出来事

1994年、関西国際空港開港。

5日

＊＊＊

1923年 田山花袋が関東大震災後の被災地を自宅から徒歩で通り抜け、向島に住む愛妓・飯田代子の安否を確認しに行く。以後、無事だった代子との関係が深まる。（田山花袋『定本 花袋全集 別巻』）

記念日

国民栄誉賞の日

歴史上の出来事

1905年、ポーツマス条約が締結され、日露戦争が終結。

6日

＊＊＊

1926年 星新一が東京都で生まれる。代表作は『ボッコちゃん』『ノックの音が』『未来いそっぷ』など。

1948年 内田百閒が毎日新聞社へ行く途中でウィルキンソンのジンジャーエールを買って飲む。当時の値段は1合瓶40円。（内田百閒『百鬼園戦後日記 下巻』）

記念日

妹の日、クロスワードの日

歴史上の出来事

1991年、ソビエト連邦がバルト三国の独立を承認。

7日

＊＊＊

1939年 泉鏡花が肺腫瘍のため死去。享年65歳。遺作は『縷紅新草』。この日は鏡花忌と呼ばれる。

1962年 吉川英治が肺癌と脳軟化症のため死去。享年70歳。遺作『新・水滸伝』は未完に終わる。この日は英治忌と呼ばれる。

記念日

CMソングの日

歴史上の出来事

1936年、オーストラリアの動物園で
最後の1頭となるフクロオオカミが死亡し、
絶滅する。

8日

＊＊＊

1900年 文部省から英語研究のためイギリス留学を命じられた夏目漱石が、横浜を出航。10月28日にロンドンに到着する。（夏目漱石『新潮日本文学アルバム２夏目漱石』）

記念日

国際識字デー、「明治」改元の日

歴史上の出来事

1904年、屯田兵廃止。

9日

＊＊＊

1901年　小熊秀雄が北海道で生まれる。代表作は『小熊秀雄詩集』『飛ぶ橇』『長長秋夜』など。

1918年　小沼丹が東京都で生まれる。代表作は『村のエトランジェ』『懐中時計』『椋鳥日記』など。

記念日

世界占いの日、救急の日

歴史上の出来事

1949年、カナディアン航空機爆破事件が発生。

10日

＊＊＊

1919年　京都の第三高等学校への入学を控えていた梶井基次郎が教員と新入生との顔合わせの式に出席する。式のあとは丸太町の古書店街を散策した。
（鈴木貞美『年表作家読本 梶井基次郎』）

記念日

世界自殺予防デー

歴史上の出来事

1960年、カラーテレビの本放送開始。

9月

11日

＊＊＊

1907年　萩原朔太郎が熊本の第五高等学校に入学する。北寮第十二室で寮生活を送った。（萩原朔太郎『新潮日本文学アルバム15 萩原朔太郎』）

記念日

公衆電話の日

歴史上の出来事

2001年、
アメリカ同時多発テロ事件が発生。

12日

＊＊＊

1920年　宮沢賢治が妹のシゲとクニの2人を連れて岩手山登山に出発する。翌13日に登頂し、山頂で読経をした。（山内修『年表作家読本 宮沢賢治』）

記念日

マラソンの日、宇宙の日

歴史上の出来事

2007年、スマトラ島沖地震が発生。

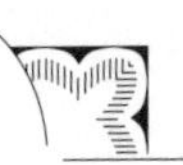

13日

＊＊＊

1890年 森鷗外の長男・於菟が生まれる。しかしその後まもなく妻・登志子と離婚する。（森鷗外『新潮日本文学アルバム 1 森鷗外』）

1900年 大宅壮一が大阪府で生まれる。代表作は『一億総囚人』『無思想人宣言』『昭和怪物伝』など。

記念日

世界法の日

歴史上の出来事

1926年、
明治ミルクチョコレートが発売。

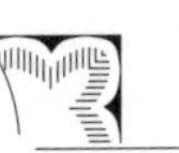

14日

＊＊＊

1921年 芥川龍之介が与謝野晶子から第2次『明星』復刊にあたり、同人になるようすすめられるが、辞退する。自由に寄稿したいからという理由からだった。（鷺只雄『年表作家読本 新装版 芥川龍之介』）

1926年 梶井基次郎が大阪から上京し、銀座のエスキモーでアイスクリームとアイスコーヒーを頼む。（鈴木貞美『年表作家読本 梶井基次郎』）

記念日

セプテンバーバレンタイン

歴史上の出来事

1867年、マルクス『資本論』第1巻の
初版が刊行。

15日

＊＊＊

1930年 種田山頭火が旅先の熊本で野菜売りのおばさんからもらった茗荷を肴に名物の球磨焼酎を飲む。（種田山頭火『作家の自伝35 種田山頭火』）

1932年 東京放送局の主催により、東京向島の百花園で午後5時から中秋の観月会が開かれる。高浜虚子などの俳人や、与謝野晶子などの歌人が集った。（平子恭子『年表作家読本 与謝野晶子』）

記念日

スカウトの日、老人の日

歴史上の出来事

1900年、伊藤博文らが立憲政友会を結成。

16日

＊＊＊

1932年 永井荷風の隣人が新たに設置したラジオの音が漏れ、天気予報の「南東の風」や「愚図ついた天気」といった独特の用語を初めて耳にした荷風は日本語として疑問を抱く。（永井荷風『荷風全集 第二十二巻』）

記念日

マッチの日

歴史上の出来事

1954年、日本中央競馬会が発足。

17日

＊＊＊

1928年 若山牧水が急性胃腸炎と肝臓硬変症のため死去。享年43歳。この日は牧水忌と呼ばれる。

記念日

イタリア料理の日

歴史上の出来事

1964年、東京モノレールが開業。

18日

＊＊＊

1864年 伊藤左千夫が千葉県で生まれる。代表作は『野菊の墓』『隣の嫁』『春の潮』など。

1927年 徳富蘆花が心臓弁膜症のため死去。享年58歳。遺作は『富士』。この日は蘆花忌と呼ばれる。

記念日

「満州事変」勃発記念日

歴史上の出来事

1971年、日清食品が世界初の
カップ麺となる「カップヌードル」を発売。

19日

＊＊＊

1902年　正岡子規が結核性瘍椎骨カリエスのため死去。享年34歳。この日は子規忌と呼ばれる。

1977年　今東光がS字結腸癌と急性肺炎のため死去。享年79歳。

記念日

苗字の日

歴史上の出来事

1941年、映画制作会社10社を松竹・東宝・大映の3社に統合。

20日

＊＊＊

2日間にわたって駒場トラックにて行われた全国中等学校協議会で、坂口安吾が走り高跳びで優勝する。雨でグラウンドがぬかるんでいたため、例年より低い1・57メートルという記録だった。（坂口安吾『坂口安吾全集 別巻』）

記念日

空の日

歴史上の出来事

1946年、第1回カンヌ国際映画祭開催。

21日

＊＊＊

1933年　宮沢賢治が急性肺炎のため死去。享年37歳。『雨ニモマケズ』は没後に手帳のメモから発見された。この日は賢治忌と呼ばれる。

1940年　種田山頭火が4か月分たまっていた新聞代を督促され、閉口する。（種田山頭火『作家の自伝35 種田山頭火』）

1968年　広津和郎が腎不全と肺炎のため死去。享年76歳。

記念日

国際平和デー

歴史上の出来事

1927年、三越呉服店で日本初のファッションショーが開かれる。

22日

＊＊＊

1940年　種田山頭火が交流のあった俳人・海藤抱壺の訃報を受ける。その悲しみから次々と句が生まれた。（種田山頭火『作家の自伝35 種田山頭火』）

記念日

孤児院の日

歴史上の出来事

1944年、フィンランドが日本との国交を断絶。

23日

＊＊＊

1945年 内田百閒の上顎左側の第二小臼歯が抜ける。（内田百閒『百鬼園戦後日記 上巻』）

記念日

万年筆の日、不動産の日

歴史上の出来事

1862年、ビスマルクがプロイセン首相に就任。

24日

＊＊＊

1945年 内田百閒が喘息を起こし、前日にニンニクを食べ過ぎたことが原因ではないかと考える。（内田百閒『百鬼園戦後日記 上巻』）

記念日

畳の日

歴史上の出来事

1965年、国鉄がコンピュータ完備の指定券発売窓口「みどりの窓口」を開設。

25日

＊＊＊

1939年　永井荷風が浅草からの帰りの電車で嘔吐する2人の酔っぱらいを発見。すぐに女性車掌が駆けつけて袋に入れてある砂を撒いた。（永井荷風『荷風全集 第二十四巻』）

記念日

10円カレーの日

歴史上の出来事

1954年、日本中央競馬会が中央競馬を初開催。

26日

＊＊＊

1904年　小泉八雲が狭心症のため死去。享年54歳。この日は八雲忌と呼ばれる。

1931年　谷崎潤一郎が高野山の龍泉院から大阪府中河内郡孔舎衙村の根津商店寮へ引っ越す。（谷崎潤一郎『谷崎潤一郎の恋文』）

記念日

くつろぎの日、大腸を考える日

歴史上の出来事

1978年、東芝が世界初となる日本語ワードプロセッサ「JW-10」を発表。

27日

＊＊＊

1923年　志賀直哉夫妻の媒酌で滝井孝作と篠崎リンが結婚する。（志賀直哉『志賀直哉全集 第二十二巻』）

記念日

女性ドライバーの日、
英字新聞発刊記念日

歴史上の出来事

1989年、ソニーがアメリカの
コロンビア映画を買収。

28日

＊＊＊

1891年　松岡譲が新潟県で生まれる。代表作は『法域を護る人々』『河豚和尚』『田園の英雄』など。

1958年　谷崎潤一郎が妻・恵美子と原田稔とともに十国峠へドライブへ行き、月見をする。（谷崎潤一郎『谷崎潤一郎全集 第二十六巻』）

記念日

世界狂犬病デー

歴史上の出来事

1964年、琵琶湖大橋が開通。

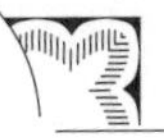

29日

＊＊＊

1882年　鈴木三重吉が広島県で生まれる。代表作は『千鳥』『千代紙』『山彦』など。

記念日

クリーニングの日

歴史上の出来事

1945年、新聞各紙が昭和天皇とマッカーサーが並んだ写真を掲載する。

30日

＊＊＊

1935年　太宰治が授業料未納のため東京帝国大学を除籍される。入学後5年5か月余りが経過していた。（太宰治『太宰治全集 別巻』）

記念日

世界翻訳の日

歴史上の出来事

1946年、三井・三菱・安田の3財閥が解散を決定。

10月

OCTOBER

── 坂口安吾 ──

（10月20日生まれ）

1日

＊＊＊

1901年　与謝野鉄幹と晶子が結婚する。木村鷹太郎が媒酌人を務めた。（平子恭子『年表作家読本 与謝野晶子』）

1911年　椎名麟三が兵庫県で生まれる。代表作は『深夜の酒宴』『永遠なる序章』『美しい女』など。

記念日

日本酒の日、香水の日

歴史上の出来事

1920年、日本初の国勢調査を実施。

2日

＊＊＊

1940年　種田山頭火が夜道をついてくる犬がくわえていた餅を食べ、ご馳走になったと感謝する。（種田山頭火『作家の自伝35 種田山頭火』）

記念日

国際非暴力デー

歴史上の出来事

1985年、関越自動車道が全線開通。

10月

3日

＊＊＊

1905年 平林たい子が長野県で生まれる。代表作は『かういふ女』『地底の歌』『砂漠の花』など。

記念日

登山の日

歴史上の出来事

1964年、日本武道館が開館。

4日

＊＊＊

1910年 石川啄木が『一握の砂』の出版契約を東雲堂書店と結び、20円の原稿料を受け取る。『一握の砂』は同年12月1日に刊行された。（石川啄木『新潮日本文学アルバム 6 石川啄木』）

記念日

古書の日、天使の日、探し物の日

歴史上の出来事

1883年、オリエント急行が運行開始。

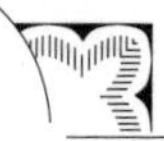

5日

＊＊＊

1893年 甲賀三郎が滋賀県で生まれる。代表作は『真珠塔の秘密』『琥珀のパイプ』『姿なき怪盗』など。

1976年 武田泰淳が胃癌のため死去。享年64歳。

記念日

教師の日

歴史上の出来事

1921年、国際ペンクラブ発足。

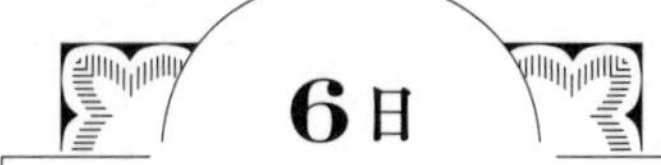

6日

＊＊＊

1954年 永井荷風が飼っていたセキセイインコ2羽のうち1羽が亡くなる。

（永井荷風『荷風全集 第二十六巻』）

記念日

夢をかなえる日

歴史上の出来事

1928年、蔣介石が
中国国民政府主席に就任。

7日

＊＊＊

1918年　中国旅行に出かける谷崎潤一郎の送別会が、日本橋のレストラン「鴻の巣」で行われる。佐藤春夫と上山草人が発起人。（佐藤春夫『定本 佐藤春夫全集 別巻1』）

1963年　佐藤春夫が夫妻で北海道に取材旅行へ発つ。札幌、大沼、定山渓、新十津川、旭川、層雲峡、大雪国道、十弗、狩勝峠などを回った。（佐藤春夫『定本 佐藤春夫全集 別巻1』）

記念日

ミステリー記念日

歴史上の出来事

1952年、バーコードが初めて特許登録される。

8日

＊＊＊

1886年　吉井勇が東京都で生まれる。代表作は『酒ほがひ』『昨日まで』『祇園歌集』など。

1933年　萩原朔太郎の妹・愛子と、詩人仲間の佐藤惣之助が結婚。（萩原朔太郎『新潮日本文学アルバム 15 萩原朔太郎』）

記念日

永遠の日

歴史上の出来事

1937年、寿屋が「サントリーウイスキー12年」を発売。

9日

＊＊＊

1897年　大佛次郎が神奈川県で生まれる。代表作は『鞍馬天狗』『帰郷』『パリ燃ゆ』など。

記念日

東急の日

歴史上の出来事

1885年、日本がメートル条約に加入。

10日

＊＊＊

1945年　雨の中、夏目伸六が文藝春秋社出版部の石井英之助を連れて打ち合わせのため内田百閒の家を訪れる。（内田百閒『百鬼園戦後日記 上巻』）

記念日

銭湯の日、目の愛護デー

歴史上の出来事

1882年、日本銀行が開業。

11日

＊＊＊

1919年 芥川龍之介が路上で自転車と衝突し、足を痛める。（鷺只雄『年表作家読本 新装版 芥川龍之介』）

1940年 種田山頭火が脳溢血のため死去。享年58歳。この日は一草忌と呼ばれる。

記念日

ウィンクの日、「リンゴの唄」の日

歴史上の出来事

1909年、三井合名会社設立。

12日

＊＊＊

1955年 永井荷風が前日の風雨で破れた垣根を直すため、植木屋を呼ぶ。（永井荷風『荷風全集 第二十六巻』）

記念日

豆乳の日

歴史上の出来事

1940年、大政翼賛会が発足。

13日

＊＊＊

1929年 志賀直哉の五女・田鶴子が生まれる。（志賀直哉『志賀直哉全集 第二十二巻』）

記念日

引っ越しの日

歴史上の出来事

1994年、大江健三郎の
ノーベル文学賞受賞が決定。

14日

＊＊＊

1867年 正岡子規が愛媛県で生まれる。代表作は『寒山落木』『竹の里歌』『俳句大要』など。

記念日

PTA結成の日

歴史上の出来事

1921年、東京駅北口に
鉄道博物館が開館。

15日

＊＊＊

1928年　広津柳浪が心臓麻痺のため死去。享年67歳。

1931年　萩原朔太郎が江戸川乱歩を訪ね、2人で浅草の劇場「木馬館」に行く。夜は2人で新宿のバー「ユーカリ」で飲んだ。（萩原朔太郎『萩原朔太郎全集 第十五巻』）

1933年　川端康成が鎌倉の林房雄に招かれて、ハゼ釣りに行く。（川端康成『川端康成全集 第三十五巻』）

記念日

世界手洗いの日

歴史上の出来事

1793年、マリー・アントワネットが革命裁判で死刑判決。

16日

＊＊＊

1915年　1年3か月ぶりに金沢から上京する室生犀星が、途中、前橋に住む萩原朔太郎を訪ねる。何日か滞在する間に竹村俊郎も訪れ、3人は初めて対面した。（萩原朔太郎『新潮日本文学アルバム 15 萩原朔太郎』）

1921年　梶井基次郎が琵琶湖疏水で友人とボート遊びをし、裸で水に飛び込む。体が冷えたので、その後酒を飲みに行った。（鈴木貞美『年表作家読本 梶井基次郎』）

記念日

辞書の日、ボスの日

歴史上の出来事

1923年、ウォルト・ディズニー・カンパニー創立。

17日

＊＊＊

1968年 川端康成のノーベル文学賞受賞が決定する。日本人として初の快挙であった。（川端康成『川端康成全集 第三十五巻』）

記念日

カラオケ文化の日

歴史上の出来事

1905年、津田梅子らが
日本基督教女子青年会を創立。

18日

＊＊＊

1934年 中原中也の長男・文也が誕生。中也は文也を溺愛していた。（中原中也『新潮日本文学アルバム 30 中原中也』）

記念日

冷凍食品の日、木造住宅の日

歴史上の出来事

1941年、東条英機内閣設立。

19日

＊＊＊

1891年 泉鏡花が尊敬する尾崎紅葉の家を訪ね、玄関番として住み込みをすることを認められる。（泉鏡花『新潮日本文学アルバム 22 泉鏡花』）

1939年 室生犀星と萩原朔太郎が水戸高等学校に講演に行く。そのまま大洗を観光したり、山村暮鳥の遺族に会ったりした。（萩原朔太郎『新潮日本文学アルバム 15 萩原朔太郎』）

記念日

ブラックマンデー

歴史上の出来事

1781年、イギリス軍が降伏し、
アメリカ独立戦争が終結。

20日

＊＊＊

1906年 坂口安吾が新潟県で生まれる。代表作は『堕落論』『白痴』『桜の森の満開の下』など。

1924年 佐藤春夫、田中純、川路柳虹が仙台東北学院文学部主催の講演会に出る。（佐藤春夫『定本 佐藤春夫全集 別巻1』）

記念日

新聞広告の日

歴史上の出来事

1967年、代々木公園が開園。

21日

＊＊＊

1894年 江戸川乱歩が三重県で生まれる。代表作は『D坂の殺人事件』『黒蜥蜴』『怪人二十面相』など。

1971年 志賀直哉が肺炎のため死去。享年88歳。この日は直哉忌と呼ばれる。

記念日

早稲田大学開校記念日

歴史上の出来事

1972年、全日本プロレス旗揚げ。

22日

＊＊＊

1937年 中原中也が結核性脳膜炎のため死去。享年30歳。遺作『在りし日の歌』は没後に刊行された。この日は中也忌と呼ばれる。

記念日

アニメの日

歴史上の出来事

1873年、ドイツ・オーストリア・ロシアが三帝同盟を結成。

23日

＊＊＊

1909年

午前11時前に与謝野晶子が石川啄木に「吉井勇が来ていて、歌を作るから来るように」と電話をする。（平子恭子『年表作家読本 与謝野晶子』）

記念日

津軽弁の日

歴史上の出来事

2004年、新潟県中越地震発生。

24日

＊＊＊

1910年

山田美妙が頸腺癌腫のため死去。享年42歳。

記念日

暗黒の木曜日

歴史上の出来事

1886年、
ノルマントン号事件が起きる。

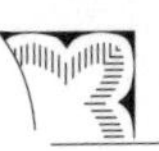

25日

＊＊＊

1945年　太宰治の『お伽草紙』が筑摩書房から刊行。戦禍のため長野の印刷所で印刷された。（太宰治『太宰治全集 別巻』）

記念日

リクエストの日

歴史上の出来事

1907年、第1回文部省美術展覧会が東京都美術館で開催。

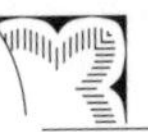

26日

＊＊＊

1909年　上京後の貧窮と病苦に耐えかねて家出していた石川啄木の妻と娘が、金田一京介と新渡戸仙岳の尽力により盛岡の実家から帰宅する。（石川啄木『新潮日本文学アルバム6 石川啄木』）

1913年　織田作之助が大阪府で生まれる。代表作は『夫婦善哉』『青春の逆説』『土曜夫人』など。

記念日

原子力の日

歴史上の出来事

1909年、伊藤博文が暗殺される。

10月

27日

＊＊＊

1902年　石川啄木が中学校に提出していた退学届が受理される。啄木は文学で生計を立てるため、10月30日に上京する。（石川啄木『新潮日本文学アルバム6 石川啄木』）

記念日

読書の日、文字・活字文化の日

歴史上の出来事

1961年、モーリタニアとモンゴルが国連に加盟。

28日

＊＊＊

1889年　藤澤清造が石川県で生まれる。代表作は『根津権現裏』など。

1962年　正宗白鳥が膵臓癌による全身衰弱のため死去。享年83歳。

記念日

透明美肌の日

歴史上の出来事

1886年、ニューヨークで自由の女神像の除幕式が開催。

29日

＊＊＊

1936年　織田作之助が松坂屋でシャツ、高島屋でパジャマを買ったあと、スエヒロで1円のビフテキを食べる。（織田作之助『定本織田作之助全集 第八巻』）

記念日

ホームビデオ記念日、
インターネット誕生日

歴史上の出来事

1950年、船橋競馬場で日本初の
オートレース開催。

30日

＊＊＊

1903年　尾崎紅葉が胃癌のため死去。享年35歳。「死なば秋露の干ぬ間ぞおもしろき。」という辞世を残した。この日は紅葉忌と呼ばれる。（田山花袋『東京の三十年』）

記念日

香りの記念日、初恋の日

歴史上の出来事

1890年、教育勅語発布。

＊＊＊

1914年 夏目漱石の飼い犬ヘクトーが死亡。庭に埋め、墓標を立てた。（夏目漱石『漱石日記』）

記念日

ガスの記念日

歴史上の出来事

1969年、日本記者クラブ結成。

11月

NOVEMBER

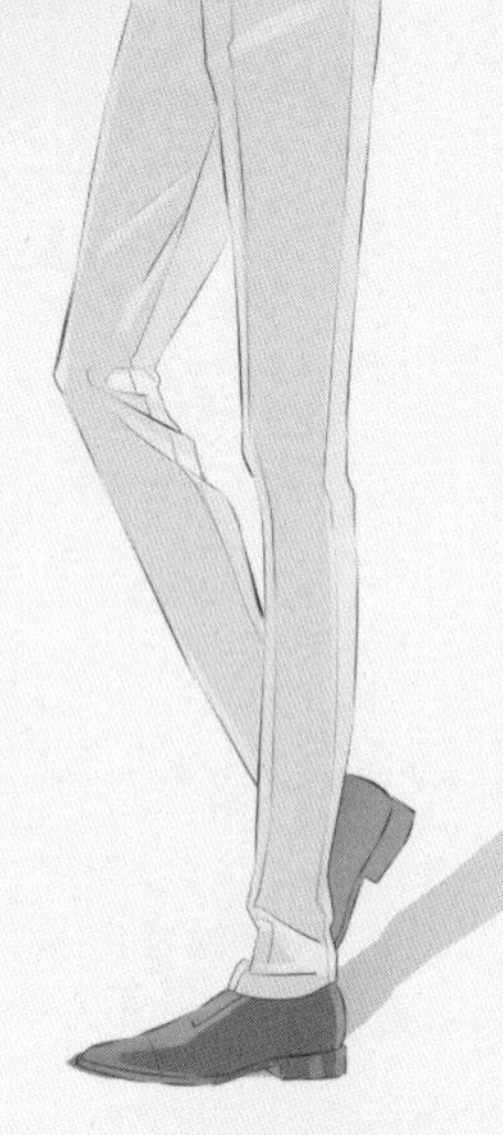

— 萩原朔太郎 —

（11月1日生まれ）

1日

＊＊＊

1886年 萩原朔太郎が群馬県で生まれる。代表作は『月に吠える』『青猫』『純情小曲集』など。

1902年 与謝野鉄幹・晶子夫妻の長男・光が生まれる。（平子恭子『年表作家読本 与謝野晶子』）

記念日

灯台記念日

歴史上の出来事

1920年、明治神宮創建。

2日

＊＊＊

1942年 北原白秋が腎臓癌による全身衰弱のため死去。享年57歳。この日は白秋忌と呼ばれる。

記念日

死者の日

歴史上の出来事

1940年、国民服令が公布。

3日

＊＊＊

1931年 宮沢賢治が手帳に『雨ニモマケズ』を書く。(山内修『年表作家読本 宮沢賢治』)

1949年 田中英光が三鷹市の禅林寺にある恩師・太宰治の墓前で、アドルム300錠と焼酎1升を飲み、安全カミソリで手首を切って自殺。享年36歳。(岩井寛『作家の臨終・墓碑事典』)

1961年 川端康成が第21回文化勲章を受章する。

記念日

クラシックカーの日

歴史上の出来事

1890年、帝国ホテルが開業。

4日

＊＊＊

1873年 泉鏡花が石川県で生まれる。代表作は『外科室』『照葉狂言』『高野聖』など。

1906年 新詩社同人の南紀旅行で北原白秋や与謝野鉄幹、吉井勇らが伊勢神宮裏で集合写真を撮る。(北原白秋『新潮日本文学アルバム 25 北原白秋』)

1951年 坂口安吾が薬の大量服用により半狂乱に陥り、檀一雄の自宅へライスカレーを100人前注文させる。(坂口安吾『坂口安吾全集 別巻』)

記念日

ユネスコ憲章記念日

歴史上の出来事

1921年、原敬が暗殺される。

5日

＊＊＊

1910年 新詩社同人による塩原への1泊旅行が催され、与謝野鉄幹・晶子夫妻や堀口大學などが参加する。（平子恭子『年表作家読本 与謝野晶子』）

記念日

縁結びの日

歴史上の出来事

1943年、東京で大東亜会議が開催される。

6日

＊＊＊

1938年 太宰治が井伏鱒二の紹介で知り合った石原美智子との婚約披露を、甲府市の石原家で行う。（太宰治『新潮日本文学アルバム19 太宰治』）

記念日

お見合い記念日

歴史上の出来事

1987年、竹下登内閣が発足。

7日

＊＊＊

1889年　久保田万太郎が東京都で生まれる。代表作は『プロロオグ』『末枯』『暮れ方』など。

記念日

ロシア革命記念日

歴史上の出来事

1929年、ニューヨーク
近代美術館が開館。

8日

＊＊＊

1911年　渡欧する与謝野鉄幹を見送るため、妻の晶子が神戸港まで熱田丸に同乗する。（平子恭子『年表作家読本 与謝野晶子』）

1996年　小沼丹が肺炎のため死去。享年78歳。

記念日

いい歯の日、いいお肌の日

歴史上の出来事

1933年、東京競馬場が開場。

9日

＊＊＊

1922年 与謝野鉄幹が発起人となり、築地精養軒で新聞記者を集め食事会を行い、森鷗外全集の刊行を報告。参加者の永井荷風と小山内薫、鈴木春浦の3人が帰りに銀座を歩いていると、偶然近松秋江と長田幹彦に遭遇し、全員で清新軒に行った。（永井荷風『荷風全集 第二十一巻』）

記念日

換気の日、タピオカの日

歴史上の出来事

1953年、カンボジアがフランスから独立。

10日

＊＊＊

1921年 宮沢賢治が童話『注文の多い料理店』を書く。（山内修『年表作家読本 宮沢賢治』）

1928年 東京の馬込に住む萩原朔太郎の家の近所に室生犀星の一家が引っ越してくる。2人はお互いの家を頻繁に行き来した。（萩原朔太郎『新潮日本文学アルバム15 萩原朔太郎』）

記念日

断酒宣言の日

歴史上の出来事

1916年、大日本医師会設立。

11日

＊＊＊

1958年 谷崎潤一郎が秘書希望の女性と会い、その女性を連れてきた西村みゆきと3人で食事をする。（谷崎潤一郎『谷崎潤一郎全集 第二十六巻』）

記念日

恋人たちの日、宝石の日

歴史上の出来事

1924年、寿屋が京都・山崎に日本初のウイスキー蒸留所を竣工。

12日

＊＊＊

1896年 田山花袋が太田玉茗とともに国木田独歩の元を初めて訪れる。（田山花袋『定本 花袋全集 別巻』）

1988年 草野心平が急性心不全のため死去。享年85歳。この日は心平忌と呼ばれる。

記念日

洋服記念日

歴史上の出来事

1921年、ワシントン会議が始まる。

13日

＊＊＊

〔1933年〕堀辰雄が発表した『美しい村』を褒める手紙が横光利一から堀に送られる。（堀辰雄『新潮日本文学アルバム 17 堀辰雄』）

記念日

いいひざの日

歴史上の出来事

2009年、バラク・オバマ米大統領が日本を初訪問。

14日

＊＊＊

〔1918年〕武者小路実篤が宮崎県木城町に土地を買う。ここに「新しき村」が建設される。（武者小路実篤『武者小路実篤全集 第十八巻』）

〔1971年〕金田一京助が老衰による動脈硬化と気管支肺炎のため死去。享年89歳。

記念日

人生100年時代の日

歴史上の出来事

1922年、イギリスのBBCがラジオ放送を開始。

15日

＊＊＊

1957年 大岡昇平、小林秀雄、今日出海の3人がゴルフをする。大岡昇平は、ゴルフに行く日はいつも早起きをして新聞小説の原稿を書いていた。（大岡昇平『成城だより 付・作家の日記』）

1969年 伊藤整が癌性腹膜炎のため死去。享年64歳。

記念日

七五三

歴史上の出来事

1874年、犬吠埼灯台が竣工。

16日

＊＊＊

1921年 会津八一が東京を発ち、大阪から海路で九州に渡る。翌年1月にも奈良や四国、九州を巡った。この経験により『放浪唫草』が生まれた。（会津八一『新潮日本文学アルバム 61 会津八一』）

記念日

録音文化の日、いいビール飲みの日

歴史上の出来事

1876年、日本初の官立幼稚園となる
東京女子師範学校附属幼稚園が開園。

17日

＊＊＊

1941年　本郷区役所2階講堂で太宰治が文壇の人々とともに徴用のための身体検査を受ける。太宰は肺浸潤の診断を受け、徴用は免除された。（太宰治『太宰治全集 別巻』）

記念日

将棋の日

歴史上の出来事

1965年、プロ野球の
第1回ドラフト会議が開催。

18日

＊＊＊

1943年　徳田秋聲が肋膜癌のため死去。享年71歳。遺作は『縮図』。

記念日

ミッキーマウスの誕生日

歴史上の出来事

1901年、官営八幡製鉄所の
作業開始式が挙行される。

19日

＊＊＊

1932年 志賀直哉の六女・貴美子が生まれる。（志賀直哉『志賀直哉全集 第二十二巻』）

1960年 吉井勇が胃癌から転移した肺癌のため死去。享年74歳。「京に老ゆ」と題する49首が遺詠となる。

記念日

緑のおばさんの日

歴史上の出来事

1894年、青梅鉄道が開業。

20日

＊＊＊

1940年 小熊秀雄が肺結核のため死去。享年39歳。戦時下に刊行できなかった『流民詩集』は、金子光晴の詩集とともに没後出版された。（岩井寛『作家の臨終・墓碑事典』）

記念日

多肉植物の日

歴史上の出来事

1938年、岩波書店が「岩波新書」の刊行を開始。

21日

＊＊＊

1956年 会津八一が心臓冠状動脈硬化症のため死去。享年75歳。

記念日

早慶戦の日、イーブイの日

歴史上の出来事

1945年、治安警察法廃止。

22日

＊＊＊

1946年 太宰治、坂口安吾、織田作之助の3人が初めて出会う。座談会のあとは銀座の「ルパン」で飲んだ。（坂口安吾『坂口安吾全集 別巻』）

1970年 大宅壮一が心臓血圧のため死去。享年70歳。

記念日

いい夫婦の日、
ペットたちに感謝する日

歴史上の出来事

1950年、第1回日本シリーズが開幕。

23日

＊＊＊

1891年 久米正雄が長野県で生まれる。代表作は『牛乳屋の兄弟』『受験生の手記』『破船』など。

1896年 樋口一葉が奔馬性結核のため死去。享年24歳。

記念日

いいふみの日

歴史上の出来事

1996年、バンダイが
たまごっちを発売。

24日

＊＊＊

1918年 永井荷風が自宅の洋書を整理し、大半を売却する。（永井荷風『荷風全集 第二十一巻』）

記念日

和食の日、思い出横丁の日

歴史上の出来事

2000年、ストーカー規制法施行。

25日

＊＊＊

1919年　芥川龍之介が女性と夜遅くまで会い、財布をプレゼントされて帰宅する。このことを家族にごまかすため、友人の岡栄一郎に口裏を合わせるよう手紙を出した。（鷺只雄『年表作家読本 新装版 芥川龍之介』）

1970年　三島由紀夫が割腹自殺。享年45歳。遺作は『豊饒の海』。

記念日

先生ありがとうの日

歴史上の出来事

1931年、平凡社が「大百科事典」を刊行開始。

26日

＊＊＊

1928年　室生犀星と萩原朔太郎が犀星の自宅で夕食を食べたあと、2人で朔太郎の自宅に行き、ダンスをする。犀星はビールを飲んで元気をつけてから、初めてのダンスを朔太郎の妻・稲子に習った。（萩原朔太郎『萩原朔太郎全集第十五巻』）

記念日

いい風呂の日

歴史上の出来事

1935年、島崎藤村を会長に、約100名の文学者によって「日本ペンクラブ」が設立される。

27日

＊＊＊

1890年 豊島与志雄が福岡県で生まれる。代表作は『生あらば』『反抗』『山吹の花』など。

記念日

ノーベル賞制定記念日

歴史上の出来事

1958年、宮内庁が皇太子・明仁親王と正田美智子の婚約を発表。

28日

＊＊＊

1878年 寺田寅彦が東京都で生まれる。代表作は『やほり物語』『団栗』『竜舌蘭』など。

1890年 泉鏡花が小説家を志して上京する。（泉鏡花『新潮日本文学アルバム22 泉鏡花』）

1897年 宇野千代が山口県で生まれる。代表作は『色ざんげ』『おはん』『生きて行く私』など。

記念日

フランスパンの日

歴史上の出来事

1883年、東京・麹町に日本初の洋式社交クラブとなる鹿鳴館が落成。

29日

＊＊＊

1922年　27日に亡くなった宮沢賢治の妹・トシの葬儀が行われる。最愛の妹の死に賢治は大きなショックを受け、半年間詩の制作が途絶えた。（山内修『年表作家読本 宮沢賢治』）

記念日

いいフグの日

歴史上の出来事

1890年、大日本帝国憲法施行。

30日

＊＊＊

1930年　11月28日に鎌倉の海岸で自殺を図った太宰治のニュースが、青森の東奥日報で「津島県議の令弟修治氏鎌倉で心中を図る」の見出しで取り上げられる。ともに自殺を図った田部シメ子は死亡し、太宰だけが生き残った。（太宰治『太宰治全集 別巻』）

記念日

絵本の日

歴史上の出来事

1783年、アメリカ合衆国とイギリスがパリ条約を締結。

—— 永井荷風 ——

（12月3日生まれ）

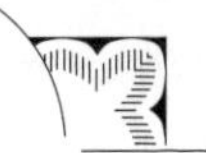

1日

＊＊＊

1903年 小林多喜二が秋田県で生まれる。代表作は『一九二八年三月十五日』『蟹工船』『不在地主』など。

1903年 石川啄木が初めて「啄木」のペンネームで『明星』に詩を発表。（石川啄木『新潮日本文学アルバム 6 石川啄木』）

記念日

映画の日、デジタル放送の日

歴史上の出来事

2001年、湘南新宿ライン運行開始。

2日

＊＊＊

1931年 川端康成が妻・秀子との婚姻届を提出する。（川端康成『新潮日本文学アルバム 16 川端康成』）

記念日

日本人宇宙飛行記念日

歴史上の出来事

1989年、マルタ会談開始。

3日

＊＊＊

1879年 永井荷風が東京都で生まれる。代表作は『腕くらべ』『つゆのあとさき』『濹東綺譚』など。

1882年 種田山頭火が山口県で生まれる。代表作は『草木塔』『愚を守る』『あの山越えて』など。

1933年 中原中也が妻・孝子と結婚する。中也と孝子は遠縁にあたる。（中原中也『新潮日本文学アルバム30 中原中也』）

記念日

妻の日

歴史上の出来事

1985年、NTTがフリーダイヤルのサービスを開始。

4日

＊＊＊

1942年 中島敦が湿性肋膜炎のため死去。享年33歳。遺作は『李陵』。

記念日

E.T.の日

歴史上の出来事

1890年、北里柴三郎らがジフテリアと破傷風の血清療法を発表する。

5日

＊＊＊

1891年 広津和郎が東京都で生まれる。代表作は『死児を抱いて』『風雨強かるべし』『松川事件と裁判』など。

記念日

アルバムの日

歴史上の出来事

1946年、樺太からの引揚げ船「雲仙丸」が函館港に入港。

6日

＊＊＊

1934年 志賀直哉、里見弴、田中平一の3人が四国旅行の最中、高知で山脇信徳に会う。（志賀直哉『志賀直哉全集 第二十二巻』）

記念日

姉の日、音の日

歴史上の出来事

1877年、
『ワシントン・ポスト』が創刊。

7日

＊＊＊

1878年　与謝野晶子が大阪府で生まれる。代表作は『みだれ髪』『君死にたまふことなかれ』『白櫻集』など。

1947年　志賀直哉の次男・直吉が佐藤福子と結婚。武者小路実篤夫妻が媒酌人を務めた。直吉はこの年の3月から岩波書店に勤務している。（志賀直哉『志賀直哉全集 第二十二巻』）

記念日

神戸港開港記念日

歴史上の出来事

1995年、アメリカの木星探査機「ガリレオ」が木星周回軌道に到達。

8日

＊＊＊

1868年　徳富蘆花が熊本県で生まれる。代表作は『不如帰』『自然と人生』『思出の記』など。

1924年　山村暮鳥が肺結核と悪性腸結核のため死去。享年40歳。遺作は『雲』。

記念日

日刊新聞創刊日

歴史上の出来事

1980年、ジョン・レノンが自宅前で射殺される。

9日

＊＊＊

1916年　夏目漱石が胃潰瘍のため死去。享年49歳。遺作『明暗』は未完に終わる。

記念日

マウスの誕生日

歴史上の出来事

1915年、三毛別羆事件が発生。

10日

＊＊＊

1929年　2学期の期末試験を控えた太宰治が薬物を多量摂取し、昏睡状態に陥る。これが初めての自殺未遂事件だった。（太宰治『新潮日本文学アルバム19 太宰治』）

1968年　ノーベル文学賞を受賞した川端康成が、スウェーデン・アカデミーにて記念講演『美しい日本の私』を行う。（川端康成『新潮日本文学アルバム16 川端康成』）

記念日

ノーベル賞授賞式

歴史上の出来事

1968年、東京都府中市で
三億円事件が発生。

11日

＊＊＊

1956年

会津八一の告別式が早稲田大学大隈小講堂で行われる。（会津八一『新潮日本文学アルバム61 会津八一』）

記念日

胃腸の日

歴史上の出来事

1946年、国際連合児童基金発足。

12日

＊＊＊

1956年

永井荷風が浅草の行きつけの洋食屋「アリゾナ」で食事をした後、大勝館でフランス映画『ヘッドライト』を観る。（永井荷風『荷風全集 第二十六巻』）

記念日

国際中立デー、漢字の日

歴史上の出来事

1956年、日本の国連加盟が決定。

13日

＊＊＊

1940年　午後、永井荷風が天気が良いので庭の落ち葉を掃き集めて焚く。（永井荷風『荷風全集 第二十四巻』）

記念日

大掃除の日、美容室の日

歴史上の出来事

1931年、犬養毅内閣が発足。

14日

＊＊＊

1938年　永井荷風が谷町通りの古本屋でブラスコ・イバニェスの『世界漫遊記』を買い、終日読書をする。（永井荷風『荷風全集 第二十四巻』）

記念日

四十七士討ち入りの日

歴史上の出来事

2006年、日本とモナコ公国が外交関係を樹立。

15日

＊＊＊

1924年　会津八一の処女歌集『南京新唱』が刊行される。恩師である坪内逍遥の口添えにより、春陽堂が版元となった。（会津八一『新潮日本文学アルバム61 会津八一』）

1947年　太宰治の『斜陽』が新潮社から刊行される。たちまちベストセラーとなった。（太宰治『太宰治全集 別巻』）

記念日

観光バス記念日

歴史上の出来事

1935年、
松下電器産業株式会社が設立。

16日

＊＊＊

1958年　三好十郎が肺結核のため死去。享年56歳。

記念日

紙の記念日、フリーランスの日

歴史上の出来事

1941年、太平洋戦争の開戦直前に
戦艦大和が竣工。

17日

＊＊＊

1919年 よく授業をサボっていた高校時代の梶井基次郎が、学期末試験を真面目に受ける。（鈴木貞美『年表作家読本 梶井基次郎』）

1957年 大岡昇平が平塚の映画館で『雌花』を観る。阿部豊監督による日活映画で、大岡の同名小説の映画化である。（大岡昇平『成城だより付・作家の日記』）

記念日

飛行機の日

歴史上の出来事

1903年、アメリカでライト兄弟が有人動力飛行に成功。

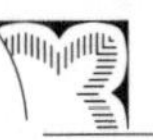

18日

＊＊＊

1902年 中学3年生の萩原朔太郎が、前橋中学校友会誌『坂東太郎』に「ひと夜えにし」の題で短歌5首を掲載。前年に刊行された与謝野晶子の『みだれ髪』の影響を受けていた。（萩原朔太郎『新潮日本文学アルバム 15 萩原朔太郎』）

記念日

国連加盟記念日

歴史上の出来事

1997年、東京湾アクアライン開通。

19日

＊＊＊

1945年　内田百閒が買い物で飴をまけてもらう。（内田百閒『百鬼園戦後日記 上巻』）

記念日

日本人初飛行の日

歴史上の出来事

1968年、第9次越冬隊が
日本人として初の南極点到達。

20日

＊＊＊

1947年　内田百閒の家に複数の出版社から自著計25冊が届き、かさばって困ると嘆く。（内田百閒『百鬼園戦後日記 下巻』）

記念日

シーラカンスの日、霧笛記念日

歴史上の出来事

1914年、東京駅が開業する。

21日

＊＊＊

1914年 志賀直哉が妻・康子と結婚する。武者小路実篤の家で結婚式を挙げた。（志賀直哉『志賀直哉全集 第二十二巻』）

記念日

遠距離恋愛の日、回文の日

歴史上の出来事

1975年、
第1回コミックマーケット開催。

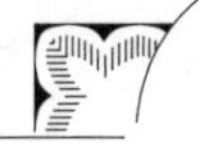

22日

＊＊＊

1909年 文藝春秋の第3代社長を務めた池島信平が東京都で生まれる。

記念日

ジェネリック医薬品の日

歴史上の出来事

1902年、年齢計算ニ関スル法律が施行され、
数え年に代わり満年齢の使用が定められる。

23日

＊＊＊

1933年 太宰治が兄の住む神田に呼び出される。翌春に大学卒業を控えていた太宰だが、試験も受けず、卒業論文も提出しないなど、卒業の見込みがないことを兄にひどく叱られる。（太宰治『太宰治全集 第三巻』）

記念日

テレホンカードの日

歴史上の出来事

1958年、東京タワーの完工式が行われ、正式にオープンする。

24日

＊＊＊

1907年 萩原朔太郎が高校の冬休みを利用して熊本を発ち、別府温泉に出かける。26日に到着して1週間ほど滞在したため、正月は別府温泉で迎えた。（萩原朔太郎『新潮日本文学アルバム 15 萩原朔太郎』）

記念日

クリスマス・イヴ

歴史上の出来事

1957年、NHK-FM放送が、日本初のFM放送を開始。

25日

＊＊＊

1928年 小山内薫が動脈瘤による心臓麻痺のため死去。享年48歳。

1944年 片岡鉄兵が肝硬変症のため死去。享年50歳。

1988年 大岡昇平が脳梗塞のため死去。享年79歳。遺作は『昭和末』。

記念日

「昭和」改元の日

歴史上の出来事

1991年、
ゴルバチョフ大統領が辞任を表明し、
ソビエト連邦が解体となる。

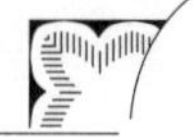

26日

＊＊＊

1888年 菊池寛が香川県で生まれる。代表作は『父帰る』『恩讐の彼方に』『真珠夫人』など。

記念日

プロ野球誕生の日

歴史上の出来事

1934年、プロ野球で読売ジャイアンツの前身である大日本東京野球倶楽部が設立。

12月

27日

＊＊＊

1940年　永井荷風が自身の小説『すみだ川』の一節を使った流行歌のレコードがあると聞き、レコード屋に行ってこれを購入する。裏面は森鴎外の『高瀬舟』だった。（永井荷風『荷風全集 第二十四巻』）

記念日

浅草仲見世記念日

歴史上の出来事

1959年、文京公会堂で第1回日本レコード大賞が開催される。

28日

＊＊＊

1904年　堀辰雄が東京都で生まれる。代表作は『聖家族』『風立ちぬ』『菜穂子』など。

1981年　横溝正史が結腸癌のため死去。享年79歳。

記念日

御用納め、仕事納め、身体検査の日

歴史上の出来事

1974年、雇用保険法公布。

29日

＊＊＊

1941年　南方熊楠が萎縮腎のため死去。享年74歳。

1964年　三木露風が自宅近くの三鷹市の郵便局から帰宅中、タクシーにはねられる。同市野村病院に運ばれたが、脳内出血のため死去。享年75歳。

1987年　石川淳が肺癌による呼吸不全のため死去。享年88歳。遺作は『蛇の歌』。

記念日

清水トンネル貫通記念日、服の日

歴史上の出来事

1990年、銀座のシャンソン喫茶「銀巴里」が閉店。

30日

＊＊＊

1947年　横光利一が胃潰瘍と腹膜炎のため死去。享年49歳。遺作は『微笑』と『洋燈』。

1997年　星新一が間質性肺炎のため死去。享年71歳。

記念日

地下鉄記念日

歴史上の出来事

1889年、決闘罪ニ関スル件公布。

31日

＊＊＊

1903年　林芙美子が生まれる。代表作は『放浪記』『風琴と魚の町』『晩菊』など。

1926年　伊豆を訪れた梶井基次郎が、湯本館に滞在していた川端康成を訪ねる。２人は映画の話などをした。（鈴木貞美『年表作家読本 梶井基次郎』）

1935年　寺田寅彦が転移性骨腫瘍のため死去。享年57歳。

記念日

大晦日

歴史上の出来事

1927年、東京・上野の寛永寺で除夜の鐘が初めてラジオで中継放送される。

参考文献一覧

あ

会津八一『新潮日本文学アルバム 61 会津八一』新潮社、1995年。
青木健『年表作家読本 新装版 中原中也』河出書房新社、2017年。
有島武郎『新潮日本文学アルバム 9 有島武郎』新潮社、1984年。
石川啄木『新潮日本文学アルバム 6 石川啄木』新潮社、1984年。
泉鏡花『新潮日本文学アルバム 22 泉鏡花』新潮社、1985年。
磯田光一『新潮日本文学辞典』新潮社、1988年。
逸見久美『新版 評伝 与謝野寛晶子 明治篇』八木書店、2007年。
岩井寛『作家の臨終・墓碑事典』東京堂出版、1997年。
内田百閒『新潮日本文学アルバム 42 内田百閒』新潮社、1993年。
内田百閒『百鬼園戦後日記 上巻』小澤書店、1982年。
内田百閒『百鬼園戦後日記 下巻』小澤書店、1982年。
江戸川乱歩『貼雑年譜』講談社、1989年。
大岡昇平『成城だより 付・作家の日記』中央公論新社、2019年。
岡本かの子『岡本かの子全集 別巻二』冬樹社、1978年。
織田作之助『定本織田作之助全集 第八巻』文泉堂出版、1976年。

か

川端康成『川端康成全集 第三十五巻』新潮社、１９８３年。

川端康成『川端康成全集 補巻一』新潮社、１９８４年。

川端康成『川端康成全集 補巻二』新潮社、１９８４年。

川端康成『新潮日本文学アルバム 16 川端康成』新潮社、１９８４年。

菊池寛『新潮日本文学アルバム 39 菊池寛』新潮社、１９９４年。

北原白秋『新潮日本文学アルバム 25 北原白秋』新潮社、１９８６年。

小谷野敦『日本の有名一族』幻冬舎、２００７年。

坂口安吾『坂口安吾全集 別巻』筑摩書房、２０１２年。

坂口安吾『新潮日本文学アルバム 35 坂口安吾』新潮社、１９８６年。

坂口三千代『クラクラ日記』文藝春秋、１９６７年。

鷺只雄『年表作家読本 新装版 芥川龍之介』河出書房新社、２０１７年。

佐藤春夫『新潮日本文学アルバム 59 佐藤春夫』新潮社、１９９７年。

佐藤春夫『定本 佐藤春夫全集 別巻1』臨川書店、２００１年。

志賀直哉『志賀直哉全集 第二十二巻』岩波書店、２００１年。

島崎藤村『新装版 藤村全集 第十七巻』筑摩書房、１９６８年。

鈴木貞美『年表作家読本 梶井基次郎』河出書房新社、１９９５年。

太宰治『新潮日本文学アルバム 19 太宰治』新潮社、１９８３年。

太宰治『太宰治全集 第三巻』筑摩書房、1989年。

太宰治『太宰治全集 別巻』筑摩書房、1992年。

太宰治『決定版 太宰治全集 12』筑摩書房、1999年。

谷崎潤一郎『新潮日本文学アルバム 7 谷崎潤一郎』新潮社、1985年。

谷崎潤一郎『谷崎潤一郎全集 第二十六巻』中央公論新社、2017年。

谷崎潤一郎、千葉俊二編『谷崎潤一郎の恋文』中央公論新社、2015年。

種田山頭火『作家の自伝35 種田山頭火』日本図書センター、1995年。

田山花袋『定本 花袋全集 別巻』臨川書店、1995年。

田山花袋『東京の三十年』岩波書店、1981年。

東京の消防百年記念行事推進委員会編『東京の消防百年の歩み』東京消防庁、1980年。

な

永井荷風『新潮日本文学アルバム 23 永井荷風』新潮社、1985年。

永井荷風『荷風全集 第二十一巻』岩波書店、1993年。

永井荷風『荷風全集 第二十二巻』岩波書店、1993年。

永井荷風『荷風全集 第二十四巻』岩波書店、1994年。

永井荷風『荷風全集 第二十六巻』岩波書店、1995年。

中原中也『新潮日本文学アルバム 30 中原中也』新潮社、1985年。

中村星湖『精選 中村星湖集』早稲田大学出版部、1998年。

夏目漱石『新潮日本文学アルバム 2 夏目漱石』新潮社、1983年。

夏目漱石『漱石日記』岩波書店、1990年。

は

萩原朔太郎『新潮日本文学アルバム 15 萩原朔太郎』新潮社、１９８４年。

萩原朔太郎『萩原朔太郎全集　第十五巻』筑摩書房、１９７８年。

平子恭子『年表作家読本 与謝野晶子』河出書房新社、１９９５年。

藤澤清造『根津権現裏』ＫＡＤＯＫＡＷＡ、２０２０年。

堀辰雄『新潮日本文学アルバム 17 堀辰雄』新潮社、１９８４年。

宮本百合子『宮本百合子全集　第二十四巻』新日本出版社、１９８０年。

武者小路実篤『武者小路実篤全集　第十八巻』小学館、１９９１年。

森鴎外『新潮日本文学アルバム 1 森鴎外』新潮社、１９８５年。

森まゆみ『鴎外の坂』新潮社、２０００年。

柳田国男『新潮日本文学アルバム 5 柳田国男』新潮社、１９８４年。

山内修『年表作家読本 宮沢賢治』河出書房新社、１９８９年。

ＷＥＢサイト『サイカルジャーナル』内「記者が見た ノーベル文学賞秘話」
https://www.nhk.or.jp/d-navi/sci_cul/2018/10/column/report_181010/

文豪きょうは何の日？

編集　立東舎
イラスト　問七

発行人　古森 優
編集長　山口 一光
デザイン　根本 綾子（Karon）
協力　株式会社遊泳舎
担当編集　切刀 匠

発行：立東舎

印刷・製本：株式会社廣済堂